夫の骨

矢樹 純

目次

夫の骨

一

その朝、私はいつになく早い時間に目を覚ました。

はっきりとは覚えていないが、夫がいた頃の夢を見ていた気がする。夫の孝之《たかゆき》の低い声、柔和《にゅうわ》な目を思い起こしながら、胸の底が揺れるような、落ち着かない気持ちで体を起こした。

寝室を出て、廊下の突き当たりの洗面所に向かう。小用を済ませ、顔を洗い、うがいをした。

十年前、胃癌《いがん》を患《わずら》った夫の父が闘病の末に亡くなり、子供のいない私たち夫婦が、この家で義母と同居すると決まった。夫はリフォーム業者を呼んで、二階にトイレと洗面所を作らせた。夫の選んだ樹脂《じゅし》製の洗面台は汚れがつきやすく、昔は頻繁《ひんぱん》に磨《みが》き上げたものだが、老眼の進んだ今では、あまり気にならなくなった。

洗面台の上に設《しつら》えられた鏡の中の自分の顔も、眼鏡《めがね》をかけていないので、はっきりとは見えない。目の周りの肌の色が暗いのは、皮膚がたるんでいるせいか。しばらく染めていないため、髪に白い部分が目立つ。

薄暗い家の中はしんとして、なんの音もしない。一階に居間と台所と、和室が一部屋、二階に和室と洋室のある古い一軒家は、私だけで住むには広すぎた。

義母の佳子《よしこ》は同居を始めて七年目にグループホームに入所したのち、二年前に肺炎で他界した。七十六歳だった。夫は実の母親を小学校に上がった年に亡くしており、佳子はその数年のちに後妻となった、血の繋《つな》がりのない母親だった。そのためか、家族としてこの家で暮らしながらも、夫は佳子に対しては、どこか他人行儀な態度を崩さなかった。

なのに昨年、あたかも佳子の魂《たましい》の緒に搦《から》め捕られたように、夫は急死した。

あれから、もう一年が経《た》つ。

先日、一周忌《いっしゅうき》の法要を済ませてもまだ、私の頭の中は、塵《ちり》が詰まったように漠然《ばくぜん》としていた。夫の死を、心の深いところでは受け入れられず、曖昧《あいまい》な悲しみに包まれて毎日を過ごしてきた。

だが、今朝はいつもと違った。こんなにすっきりと起きられたのは、いつ以来だろうか。

長年、看護師として働いてきて、寝る時間は不規則なのが当たり前だった。仮眠の前に睡眠導入剤を飲む習慣が良くなかったのだろう。この春に六十歳で定年退職した今も、薬を使わないと、夜はなかなか寝つけない。この頃はいつも深夜過ぎまで起きていて、昼前に起きる生活だった。

タオルで口元を拭《ぬぐ》い、寝室に戻ると、サッシ窓を開け、寝間着のままベランダに出た。冷たい空気に身を縮めながら顔を上げると、淡い色の空に無数の綿《わた》を散らしたような雲があった。

夏の重たげな雲と違って、ずいぶん遠く、高いところにある。昇っていく太陽を背に、その一つ一つの内側から光があふれるように、それらは輝いていた。

やっぱり、今日は何かをしなくてはいけない。

啓示を受けたような心持ちだった。取り留めなく、散漫《さんまん》に過ごすのではなく、前へ進まなければいけない。

それで私は、しばらく開けたことのなかった庭の物置を、整理することに決めた。

台所へ降り、レンジで解凍したご飯とインスタントの味噌汁《みそしる》で朝食を済ませると、身支《みじ》度《たく》を整えて庭へ出た。

色濃く茂った柘榴《ざくろ》の葉が風に揺れ、さらさらと音を立てている。今年はいっそう見事に咲いた隣家の金木犀《きんもくせい》が、ひんやりとした空気の中に甘い香りを漂《ただよ》わせていた。

深呼吸をして、庭を見渡す。花壇《かだん》には枯れたひまわりが、首を折ったまま捨て置かれていた。その足元にいつ植えたものか、青々とした彼岸花《ひがんばな》の葉が伸びている。

園芸が趣味であった佳子がグループホームに入所してから、庭仕事を引き継いだのは夫だった。夫が他界して、今度は私が花壇の世話を始めたのだが、思いつきで植えては水やりを忘れて萎《しお》れてしまったりと、どうにも上手くいかず、庭は荒れる一方となっている。

空気はすっかり秋めいていたが、日差しが当たる背中はぽかぽかと暖かい。日焼けしないよう、幅広の帽子を被《かぶ》って、タオルを首に巻いた。軍手をはめながら、庭の隅に据《す》えられた物置へと歩を進めた。

高さは二メートルを少し超えるくらい、広さは三畳ほどもあるスチール製の大きな物置は、夫がまだ子供の頃に建てられたものだと聞いた。ダイヤルを合わせて南京錠《なんきんじょう》を外し、滑《すべ》りの悪い引き戸を少しずつ開ける。耳障《みみざわ》りな音を立てて隙間《すきま》が空《あ》くと、差し込む光の筋の中に埃《ほこり》が舞った。

まずは手前にあるものを出さないと、奥へは入れない。引き戸をさらに大きく開けて、物置の中の道具を庭に並べていく。

空っぽの灯油のポリタンク。シャベル。使わなくなったごみ用のストッカー。レジャーシート。自転車の空気入れ。廃材の入った段ボール箱。

そこまで出して、やっと壁面に設えた棚に手が届くようになった。使いかけの園芸用の肥料を見つけ、こちらは花壇の脇に置く。

棚の中段に、透明のビニール袋で包まれた大型のリュックサックが置いてある。夫のものだった。少しためらったが、それも抱《かか》えて外に持っていく。

ビニール袋は、警察から戻ってきた時のまま、端をガムテープで留められていた。

昨年の夏、夫は一人で北アルプスの常念岳《じようねんだけ》に登り、帰らぬ人となった。提出した登山届の予定の時間を過ぎても下山せず、夜になって県警から連絡が来て、翌朝始発で長野へ向かった。駅までパトカーが迎えに来てくれて、警察署の殺風景なロビーで夫の服装、リュックサックの色を聞かれた。遺体が見つかったのは、昼過ぎだった。道に迷って歩き回るうちに、沢に落ちたのだろうという話だった。

ガムテープを剝《は》がそうとすると、ビニール袋が破けた。そのまま裂《さ》いてリュックサックを取り出し、ざらついた背面を撫《な》でる。顔を近づけると、古い衣服のような湿っぽい匂いがした。

夫が山登りを始めたのは、佳子が亡くなって二か月が過ぎた頃だった。

それまで運動らしい運動もしていなかったし、登山に興味があるという話も聞いたことがなかった。週末に早速隣県の山に登ると言われ、急にどうして、と尋《たず》ねると、夫は少し黙ったあと、会社の人に勧《すす》められたのだと答えた。

防水スプレーをかけてくれと渡されたリュックサックは使い込まれたもので、ベルトのところに名前が縫《ぬ》い込まれてあった。夫の父の名だった。

　それを見て私は、夫が山に登るのは、佳子のためなのだと察した。そしてあの日の、佳子の華やいだ声を思い出した。

「孝之さん、どんどんお父さんに似てくるわね。背が高くて、でも撫で肩で。後ろから見ると本当にそっくり」

　確か、夫の父の三回忌だった。佳子はずいぶんはしゃいだ様子で押入れから古い登山服を出してきては、夫の体に合わせて満足そうに眺《なが》めていた。

　後妻と聞いた時は、昔のテレビドラマなんかの先入観から、我《が》の強い女を想像していたのだが、佳子はいかにも地味で主張するところのない女だった。結婚の挨拶《あいさつ》で初めて顔を合わせた時も、化粧はごく薄く、眉《まゆ》を整えている様子もなかった。

　だが、彼女と目を合わせた時、私はいつも、なぜだか落ち着かない気持ちになった。

　何が、とははっきり言えない。ただ佳子は私とは違う、異質な人間だという、そんな皮膚感覚のような心もとなさがあった。

　佳子は背が低く、痩《や》せていて、スカートから覗《のぞ》く血色の悪い足は老人のように筋張《すじば》っていた。一緒にいてもほとんど自分から話すことはせず、周囲の人の話に淡《あわ》い笑みを浮かべて相槌《あいづち》を打っていることが多かった。小さな目をきょろきょろと動かし、他人のお茶の減り具合にばかり気を配っているような人だった。

その佳子が、あの時はやけにおしゃべりだった。

「あの人、退職したら日本中の山に登るんだって、張り切っていたのよ。倒れた時も、死んだら仲間に頼んで山に散骨してもらう、なんて言ってた。そんなの嫌だって頼んだら、やめてくれたけど」

寂《さび》し気《げ》に微笑《ほほえ》みながら見せてきた古いアルバムには、登山仲間と肩を組んで笑う夫の父の写真が差し込まれていた。舅《しゅうと》はあまり愛想《あいそ》のない人で、険《けん》のある顔つきばかりが印象に残っていたが、そうして笑顔になると、確かに夫と同じ優しい目をしていた。

「孝之さんも山登り、してみたらどう？　最近、流行だっていうじゃない。道具も無駄にならないし、あの人も息子の孝之さんが使ってくれたら、喜ぶと思うのよ」

佳子が夫の父を深く愛していたことは、傍《はた》から見てもありありと分かった。

末期の胃癌で入院した夫の父を、佳子はバスで一時間かかる総合病院まで毎日見舞った。自宅療養となってからは、車椅子《くるまいす》を押して散歩に出たり、少しでも食べられるように好物をこしらえては、丁寧《ていねい》にすり潰《つぶ》して食べさせてあげたりと、甲斐甲斐《かいがい》しく世話をした。私も仕事が休みの日は介護の手伝いに顔を出すようにしていたが、佳子は他人の手には触らせたくないといったふうで、食事やトイレや入浴の介助を、私にはさせなかった。

のちに夫に聞いたところによれば、佳子は夫の父の幼馴染《おさななじみ》だったのだそうだ。八歳年上の夫の父を、佳子は兄のように慕《した》っていたという。

夫の実の母親は、夫が六歳の時に急性骨髄性白血病《こつずいせいはっけつびょう》を発症し、三十歳の若さで亡くなった。佳子は幼い息子を抱えた幼馴染を気づかい、家の手伝いに通ううちに、深い仲となっていったのだろう。

だが、当時小学生だった夫としては、複雑な思いがあったはずだ。

夫は自分と十八歳しか年の違わない義母である佳子を、決して「お母さん」とは呼ばなかった。私も夫に倣《なら》って、彼女を「佳子さん」と呼んでいた。同居を始めてからも、夫は佳子を身内ではなく、長年世話になっている家政婦であるかのように、一定の距離を置いて接していた。

なのにどうして、夫は佳子の死後、彼女の生前の望みを叶えるかのように、山へ登ったのか。

汗が顎《あご》を伝う感触で、我に返った。太陽の位置が、さっきより高くなっていた。

抱えたままとなっていたリュックサックをビニール袋の上に降ろし、腰に手を当てて体を伸ばす。首を回すと、廃材の段ボール箱が目に入った。

L字に曲がったパイプの切れ端や、真四角でないベニヤ板。長さの揃《そろ》っていない角材。

錆《さ》びついた金属の棒。夫はこれらを、何に使うつもりだったのだろう。

結婚してから知ったことだが、夫はものを捨てない人だった。二人暮らしをしていたアパートも、夫の本やレコード、衣類が押入れからあふれ、2DKが手狭《てぜま》に感じられたほどだ。この家に移り住んでからも、健康器具やゴルフの用具、庭仕事の道具と、色んなものが増えていった。この物置もいつしか、夫のもので埋《う》め尽くされた。使わないものだけでも処分したらと提案したこともあったが、夫は困ったような顔をするだけで、決して手放そうとしなかった。

だが、それを嫌だとは感じなかった。

夫はあまり話さない、摑《つか》みどころのない人だった。私にはそれらの夫のものが、夫のことを語ってくれているように思えたのだ。

だからこれまで、この物置を開けることができなかった。

夫の遺《のこ》したすべてのものを見ても、夫のことが分からないままだったらと考えると、怖かった。

物置の戸を広く開けて光が入るようにすると、棚の奥にある一度も触ったことのない道具類を検《あらた》める。

木製の小さな工具箱。片方、底が剝がれたままになっている登山靴。表面のひび割れた革製のゴルフバッグ。細かな傷が目立つ黒々としたボウリングの球。紙袋に入れられた古い包装紙の束。自転車のタイヤのチューブ。少しだけ残っているらしいセメントの袋。

その中に、三〇センチ四方の小さな桐箱《きりばこ》が、無造作《むぞうさ》に置かれてあった。

持ち上げると、何が入っているのか、陶器の欠片《かけら》が触れ合うような軽やかな音がした。

蓋《ふた》は固く閉じていたが、両手の指を角のところにかけ、少しずつずらしていくと、きゅっと嫌な音を立てて外れた。

白っぽい、木屑《きくず》のようなものが入っている。よく見えないので、抱えたまま外に出た。

最初はそれを、珊瑚《さんご》だと思った。

子供の頃に、海水浴の思い出にでも拾ったものだろうか。だけど、それにしてはずいぶん軽いように感じる。

箱を揺すると、細かな破片の下に、看護学生時代に産科の講義で見た標本と同じものが現れた。二つの丸い穴は、かなり下の位置に開いている。顎の中に歯が二重《ふたえ》となっている。頭頂部は大きく十字に割れ、隙間が空いていた。

だとすると、これは――。

臨月《りんげつ》の胎児《たいじ》か、生後間もない乳児の骨だ。

二

不意に眩暈《めまい》がして、その場にしゃがみかける。箱を手にしたまま、呆然《ぼうぜん》と立ち尽くしていたらしい。

桐の箱を棚に戻すと、おぼつかない足取りで物置を出て、日陰《ひかげ》となっている水栓《すいせん》の方へ向かった。蛇口《じゃぐち》をひねり、軍手を外して丁寧に手を洗う。タオルを濡《ぬ》らし、額《ひたい》に当てた。

どうして、あんなものが——。

物置に目をやって、戸を開け放したままなのに気づいたが、足が動かなかった。息苦しさに空咳《からぜき》をする。喉《のど》が渇《かわ》いていた。のろのろと靴を脱ぎ、縁側から家に上がる。

台所が、いやに遠くに感じられた。立ったまま、冷蔵庫の麦茶をグラスに注ぐ。手が震え、キッチンマットに薄茶色の飛沫《しぶき》が散った。口をつけると、焦《こ》げたような匂いが鼻に抜けた。

息を吐き、椅子の背を摑みながらゆっくり腰を下ろす。テーブルに置いた空《から》っぽのグラスを、じっと見つめ続けた。答えがそこに映っているかのように。

二十五年間、一緒に暮らしてきたが、夫のことが分からないままだった。

ことができた。

だが、分からないことを、不安には思わなかった。私は分からないままに、夫を信じることができた。

夫は、私が子供のできない体と知っていて、結婚を決めてくれた人だった。

看護師として忙しく働き続け、三十歳になった頃、下腹部に張りと違和感を覚えた。受診した時には、もう手遅れだった。卵巣嚢腫《らんそうのうしゅ》で、卵巣を二つとも取らなければいけなかった。痛みもなく、下腹部の膨《ふく》らみは、単に太ったせいだと思っていた。自分の体こそ注意して診《み》てあげないでどうするの、と、当時の看護師長に叱《しか》られた。

それから数年後、その看護師長の自宅で開かれた新年会で、夫と知り合ったのだった。独身の男女が夫と私だけだったことを考えると、最初から私たちを出会わせる目的で呼ばれたのかもしれない。師長の旦那《だんな》さんの後輩だと紹介された同い年の夫は、見上げるほど背が高く、物静かな人だった。端整な顔立ちにそぐわない柔和な丸い目と、そこにいるのにその存在を実感できない、透明な雰囲気に惹《ひ》かれた。なぜだか夫も、真面目《まじめ》だけが取《と》り柄《え》の私を気に入ってくれて、付き合いが始まった。

半年の交際を経《へ》て、より深い関係となる前に、私は自身の体のことを打ち明けた。

静かに私の言葉を聞いていた夫は、君さえ良ければ、この先は結婚を前提に付き合って欲しい、と言った。

その翌年に私たちは結婚した。私の体のことを、夫は両親には告げなかった。改めてそんなことを話す必要はない。何か言われたら、俺に原因があるということにすればいい、と夫は主張した。私は、結婚する以上、そういうわけにはいかないと食い下がった。

すると夫は、母親の佳子が後妻であることを、その時初めて打ち明けた。

仕事人間だった夫の父は毎日帰りが遅く、出張のために頻繁に家を空けた。夫が高校三年生の時には海外に単身赴任《ふにん》をし、丸二年も日本に帰らなかったことすらあったそうだ。休みの日は趣味の登山に忙しく、ほとんど親子の会話をすることなく育ったという。唯一《ゆいいつ》心の拠《よ》り所《どころ》であった実母を失った時も、父親は息子の世話を近所に住む親類に任せきりで仕事に打ち込み、そして一年も経たないうちに、幼馴染であるという佳子が家に出入りするようになった。

大学進学を機に一人暮らしを始めた時は、やっとこの家を出られたと、重い枷《かせ》を解《と》かれたような清々《すがすが》しい気持ちになったという。夫にとって、父と義母は家族というには遠い他人のような存在で、だから彼らのために、自分たちが煩《わずら》わしい思いをしたくないのだと夫は語った。その声は普段と変わらず平静だったが、伏せられた目は感傷的な、暗い色を帯びていた。

夫のそんな心情を知ってからは、夫の両親とは私自身、ほとんど交流せずに過ごしてきた。年始の挨拶など最低限の付き合いと、夫の父が病《やまい》に倒れた時に介護の手伝いをした程度で、だから夫の父の死後、夫が佳子と同居したいと切り出した時、私は少し意外に感じた。

自分たち夫婦があの家に暮らすのは、当然の権利なのだと、夫は主張した。

癌の治療費のために貯蓄《ちょちく》を使い果たし、夫の父の資産は家と土地しか残っていなかった。佳子の相続税は私たち夫婦が支払うしかなく、いつか自分たちの家を建てるためにしていた貯金を切り崩すことになった。だったら今二人で住んでいるアパートの家賃を払い続けるよりも、部屋数は充分なのだから、実家に住むべきだというのが夫の意見だった。

しかし、私にはそれが、建前であると感じられた。

「本当に、一人ぼっちになってしまったわ」

夫の父の四十九日の法要が終わり、後片づけをしている時だった。洗い物を終え、台所の椅子に力なく座り込んでいた佳子が、どこか諦《あきら》めたような調子でつぶやいた。

夫の父の葬儀や通夜《つや》に、佳子の身内は一人も来なかった。両親を早くに亡くし、兄弟もなく、付き合いのある親類もいないという。

その孤独ゆえに、佳子は唯一身近な存在だった幼馴染である夫の父に、心を寄せるようになったのかもしれない。

あの時、居間にいた夫は礼服を脱ぎかけたまま、佳子の小さな背中を、じっと見つめていた。夫は佳子をこの家に一人で残すことを、不憫《ふびん》に思ったのだろう。

舅が亡くなってから、法要の打ち合わせだとか、遺品の整理のためだと理由をつけて、夫はしょっちゅう実家に立ち寄るようになった。口には出さなくとも、夫が佳子を気づかっていることは見て取れた。

恐らく夫は、父親の死をきっかけに、これまで他人のように接してきた佳子との関係を、修復することにしたのだ。

私は夫の変化を、そのように考えていた。

しかし――。

空のグラスが台所の窓から射す日差しを受けて、テーブルに複雑な光の筋を広げていた。立ち上がる力もなく、私は椅子の背に体を預けていた。

桐箱の中の、赤ん坊の骨。

胸から喉へ、熱いものが這《は》い上《のぼ》ってくる。しかしどこかでつかえたように、涙も声も出なかった。どうかすると破裂《はれつ》してしまいそうで、浅く息をする。

頭に渦巻《うずま》くのは、疑問ではなく、答えだった。

ああ、あれは、そういうことだったのだと。

その小さな骨を桐箱に入れ、物置に仕舞ったのは——。

夫に、違いなかった。

三

「一緒に住んでもらえて、本当に嬉《うれ》しく思っているの。あの人が亡くなってから、この家に一人でいると、辛《つら》くて辛くて仕方がなくて——ありがとうね、孝之さん」

二人で住んでいたアパートを引き払い、夫と私がこの家に引っ越してきた日。

手作りのちらし寿司を振る舞ってくれながら、佳子はしみじみと言い、夫に頭を下げた。

その時初めて、夫を見つめる佳子の目に、粘《ねば》ついた熱のようなものを感じた。

訝《いぶか》しげな私の視線に気づいたのだろう、佳子は取《と》り繕《つくろ》うように私の方を向き、これからよろしくね、と微笑んだ。

佳子はこれまで使っていた夫婦の寝室を私たちに使わせ、自分はその隣の、子供部屋だった夫の部屋で寝ると言い張った。それではあまりに申しわけない、せめて一階の広い和室を使ったらどうかと提案すると、やんわりと断られた。

「だってあそこは、お仏壇《ぶつだん》があるから。私なんかが入ったら、悪いもの。ねえ、孝之さん」

べたべたと甘えるような口調だった。夫の顔には、何の表情も浮かんでいなかった。そして静かに、佳子さんの好きにしたらいいと言った。

同じ家に住むことになったその日から、私が以前から佳子に抱《いだ》いていた違和感——自分とは異質なものだという感覚は、さらに強くなっていった。それは、佳子自身の変化にも起因《きいん》していた。

私と夫との三人で暮らすようになってから、佳子は活《い》き活《い》きと目を輝かせ、嫁である私以上に家のことに気を配り、夫の世話を焼くようになった。控えめで物静かという印象とは違い、はつらつと家事をこなした。

佳子は朝、晩と食事のほとんどを作ってくれた。私が台所に立つのは休みの日と、洗い物を手伝う時くらいで、仕事の日には弁当まで用意してくれた。洗濯《せんたく》はさすがに任せるのは気が引けて、自分のものだけ夜に洗うようにしていたが、家の掃除《そうじ》は充分すぎるほどやってくれた。廊下はいつも磨き上げられ、洗面台や風呂場の鏡には曇《くも》り一つなかった。

家事の苦手な私が教えを請《こ》うと、快《こころよ》く仕込んでくれもした。おかげで煮物や和《あ》え物《もの》といった夫の好きな献立《こんだて》が覚えられたし、苦手なアイロンがけも上達した。

だが、なぜだか庭仕事だけは、決してやらせなかった。

「お庭だけは好きにさせて欲しいの。私の、一つだけの趣味なのよ」

実際、佳子の手入れした庭は見事なものだった。聞けば今ある庭木のほとんどは佳子が植えたものなのだそうだ。

特に佳子は庭の東側に昔からある柘榴の木がお気に入りで、庭師を頼むことなく自ら鋸《のこぎり》で不要な枝を落とし、毛虫を焼き、丁寧に世話をしていた。毎年秋にはご近所にお裾《すそ》分《わ》けしても余るほど、たくさんの実を実らせた。

私は柘榴は酸《す》っぱいばかりでさほど美味《おい》しいと思わなかったし、ぎっしりと小さい実が詰まった様子が苦手で、ほとんど口にすることがなかった。しかし佳子は丁寧に小さな実を外し、ガラスの器に盛って種ごと食べるのが好きだった。

夫も柘榴は好きらしく、佳子と二人、向かい合ってあの赤い粒を口に運ぶ様《さま》は、なんだか酷《ひど》く私を不安な気持ちにさせた。

その柘榴の木の根元に、夫が穴を掘っていた。

一昨年の夏の、佳子の通夜の晩だった。

身内のいない佳子の通夜は、この自宅で営《いとな》まれた。近所の人だけが参列してくれた、寂しい通夜だった。

振る舞った飲み物や菓子の片づけを終えると、線香番をするという夫を仏間に残し、疲れ切って床《とこ》に就《つ》いた。けれど眠れなくて、ぼんやりと色々なことを思い出すうち、庭の物音に気づいた。

階下へ降りると、夫の姿がなかった。足音を忍ばせて縁側へ出ると、サッシ窓が開いていた。温《ぬる》く湿った空気に混じって、土の匂いが漂っていた。

月のない夜だった。闇の中に、ほの白く浮かぶ夫の背中が見えた。その上に黒々とした小さな葉が、重なり合って揺れていた。

礼服の上だけを脱いだ恰好《かっこう》で、夫はシャベルを振るい、柘榴の木の根元に無言で穴を掘っていた。

「——何をしているの」

声が上擦《うわず》るのを抑《おさ》えながら、ようやく呼びかけた。

夫はゆっくりと振り返り、真っ白な顔で私を見た。助けを求めるように目は泳ぎ、苦しげに喘《あえ》ぎながらも、夫は何も打ち明けようとはしなかった。

ただ、ごみを捨てるための穴を掘っていたのだと、白々《しらじら》しく告げ、私に背を向けた。

あの時、私はどうして庭に降りて、確かめようとしなかったのだろう。

思えばあれが、最初に夫の手を離した瞬間だった。

薄暗い台所で、不意に寒気を覚え、身を震わせる。汗が冷えたのだろう。朝にはあんなにも秋らしく晴れていたのに、いつの間にか、日が陰《かげ》り始めていた。目を凝《こ》らして流しの上の小さな窓を見た。曇りガラスの向こうに先ほどまでの明るさはなく、窓を覆《おお》う格子《こうし》が陰鬱《いんうつ》な影を描いている。雨でも降りそうな気配だ。

天気予報くらい見ておくのだったと、後悔しながら立ち上がる。片づけの途中の荷物を濡らしたくはなかった。重い体を引きずって、再び庭に出る。

見上げると、いつ降り出してもおかしくないような濃い灰色の雲が、空を覆っていた。濡れて困るものから先に仕舞おうと、まずはビニール袋ごと置いてあったリュックサックを抱え上げ、物置へと急ぐ。

夫の遺品を胸に抱きながら、私は自身を省《かえり》みていた。

夫のことが分からないのは、分かろうとしなかったからだ。

分かることを、恐れてきたから。

桐箱の中のものは、きれいに骨だけになっていた。

あの箱の大きさでは、いくら赤ん坊でも入らない。

つまり桐箱の中の骨は、骨だけになったあと、移し替えられたものなのだ。

柘榴の木の下で、骨になったものを、掘り起こして。

それをしたのは、夫に違いなかった。

だが夫はなぜ、そんなことをする必要があったのか。

それ以前に、赤ん坊の死体など、どこから現れたというのだ。

——赤ん坊の死体。

そのことに思い至り、血《ち》の気《け》が引いた。

この家の物置に、隠すように置かれていた乳児の骨。

それはおそらく、この家の誰かが産んだ——または産ませた子のものということになる。

なぜその子が亡くなったのかは分からない。死産だったのかもしれないし、生まれてすぐに死んでしまったのかもしれない。

だが、その遺体が弔《とむら》われることもなく埋められていたというのは、尋常《じんじょう》ではない。

なぜ、そんな状況が生じたのか。

そんなことをする人間が、家族の中にいたのか。

夫。夫の父。佳子。

それぞれの顔を思い浮かべながら、息苦しさに胸を押さえる。

やはり、そう考えるしかない。あの赤ん坊を産んだのは——。

——佳子だ。

四

この家で佳子との同居を始めて六年が過ぎた頃、佳子は階段で転んで足を骨折し、自宅での介護が必要になった。

そんなことになってさえ、佳子は一階の仏間に移ることを拒《こば》んだ。幸《さいわ》い、トイレは二階にもあったが、風呂や食事のたびに、体を支えて階段を上り下りしなくてはいけなかった。

夫も食事の介助などは手伝ってくれたが、入浴の世話は任せられず、また仕事柄、私の方が手際《てぎわ》良くできるので、結局介護のほとんどは私の手によるものとなった。年齢のためか治りが遅く、私は一か月近く仕事を休むことになった。

私が勤《つと》める病院では介助の必要な患者は週に三回の入浴となっていたが、きれい好きな佳子は、毎日風呂に入りたがった。

不自由なのは足だけなので、介護用のいすをレンタルし、体を洗うのは自分でさせた。

浴槽の出入りは私が手を貸した。

初めて佳子を風呂に入れた日、細い体を抱き上げながら、ある疑問が湧《わ》いた。ためらう気持ちもあったが、どうしても気になったので、その晩のうちに夫に尋ねた。

「佳子さんって、子供を産んだことがあるの？」

あの時の夫は、どんな顔をしていただろうか。

手にしていた本からちょっとだけ私の方に視線を移し、どうしてそんなことを聞くのかというふうに眉を上げた。

そんな話は聞いたことがない。親父と結婚したのが最初のはずだ。

それだけ答えて、ページに目を戻してしまった。

入浴の介助の時に見た、お湯の中に揺らめく佳子の下腹部。皮膚に、うっすらと白い筋が浮いていた。

あれは、妊娠線《にんしんせん》だった。

子供を産んだ同僚が、更衣室で一緒に着替えた際にこぼしていた。お腹が大きくなった時に、皮膚が伸びて表面の組織が割れ、産後もその痕《あと》が残るのだと。その時に見たのと同じものが、佳子の下腹部にもあった。佳子は、妊娠したことがあるのだ。

いつかはそのことを、佳子に尋ねるべきかと思った。だが迷っているうちに、それは叶わぬことになった。

その時の骨折がきっかけとなり、まだ七十代半《なか》ばだった佳子は、急激に弱っていった。歩けるようになってからも、佳子は部屋から出てこようとしなかった。食事の時だけは降りてくるが、食べ終わるとうつろな顔でテレビを観ているばかりで、ほとんど話そうとしない。当然、家のこともできないので、家事は夫と交代でしていた。

病院に相談に行った方がいいのでは、と夫と話していた矢先《やさき》、佳子が小火《ぼや》を出した。味噌汁の鍋を火にかけたまま、風呂に入っていたのだという。幸い、近所の人がすぐに気づいてくれて、台所の壁が焦げただけで済んだが、いよいよ放っておけなくなった。

大学病院で検査を受け、佳子はアルツハイマー型認知症と診断された。

将来のことを考えると、私も夫も、介護のために仕事を辞めることはできない。子供のいない私たちは、頼れるのは自分の年金だけだ。話し合いの末、佳子は自宅から車で十五分ほどのところにある、グループホームに入ることになった。

それからは、週に二度は夫とともに、佳子の元を訪れた。

身内でありながら、こんなふうになるまで気づけなかった自分を、責《せ》めてもいた。会いに行く時は佳子の好物を用意するなど、刺激になることをできるかぎりやった。

夫は時々、仕事の帰りにもグループホームに寄ってきた。なるべく話しかけるのが良いと聞いたので、その通りにしたのだろう。昔のことを尋ねると、記憶があいまいなところはあってもよく話すのだと、夫は報告してくれた。

表情はいつもと変わらず静かだが、そんな時は声が明るくて、夫も佳子の身内として、彼女の回復を願っているのだと分かった。

佳子がグループホームに入って二年目のことだった。食べ物が気管に入り、病院に運ばれたと連絡が来た。入院先の病院に駆けつけたが、私が着いた時にはもう意識がなかった。

先に着いていた夫は、蒼白《そうはく》となって目を見開き、じっと佳子の顔を見つめていた。唇《くちびる》をぎゅっと結んで、何かに耐えるようにその場に立ち尽くしていた。

ホームから付き添ってきたらしい、いつも世話をしてくれていた若い女性の介護士が、病室の隅でうつむいていた。責任を感じているのか、その顔は硬くこわばり、祈るように震える手を胸の前で組み合わせていた。

佳子は肺炎を起こし、三日後に亡くなった。

義母の通夜の夜に、夫が柘榴の木の根元を掘っていた理由を、私は問《と》い質《ただ》すことができないままだった。

佳子の死から、夫は極端に話をしなくなった。夕食のあとはいつも、見るとはなしにテレビに顔を向けたまま、何かを考えているふうに遠い目をしていた。

このままではいけないと思ったが、夫を包む厚い膜《まく》のようなものが、私を拒んでいた。その膜の中で、夫は夫でないものに変わっていくように感じた。

佳子の四十九日が過ぎた頃だった。夫が庭先で、佳子の部屋の本棚を壊していた。紐で括《くく》られた本の山が、いくつも縁側に並んでいた。佳子の地味な色の衣類が、無造作にごみ袋に詰められていた。何をしているのかと声をかけると、夫は目を合わせず、手を動かすのをやめないまま告げた。

これからは寝室を別にして、俺が佳子さんの部屋を使いたい。夜勤明けで君が寝ている時に、目覚ましを鳴らすのが悪いから。

静かだが、私が拒むことを許さない硬い口調だった。

夫の申し出を、受け入れるしかないのか。

私はなんだかそれが、取り返しのつかないことのような気がした。

だが、取り返しのつかないことはもう起きてしまったような気もして、結局は、夫の希望通りにした。それから間もなく、夫が急に山登りを始めると言い出した時も、私は逡《しゅん》巡《じゅん》しながらも、反対はしなかった。

それから私たちは、今までと同じように、二人で夕食をとった。その場しのぎのように、今日あったことなど、意味のない言葉を交わした。そうして食事が済むと、夫は風呂を使い、二階へ上がっていった。

毎晩、部屋の薄い壁の向こうに、夫の気配を感じながら寝た。

佳子の部屋で、夫は一人、何を考えて過ごしていたのだろう。

そんな日々が一年続いたのち、夫は山へ出かけたまま、帰ってこなかった。

五

夫の遭難《そうなん》の一報を受け、発見された際に必要な着替えを取りに夫の部屋に入った時、私は愕然《がくぜん》とした。

いつの間にこんなことになっていたのか。

夫の部屋は、空っぽだった。

布団《ふとん》と、いつも着ていた少しの衣服だけ。意図《いと》してそうしたのだろう。一冊の本も、手紙も残っていなかった。

私は、夫が自《みずか》ら死を選んだのだと確信した。

遺書も残さず、何も言わずに、私を置いて行ってしまった。

怒りよりも、虚《むな》しさが心を覆った。私は夫のことが、分からないままだ。

一晩中、沢の水にさらされ冷たくなった夫の体に触れた時も、分からなかった。真っ白な骨になった姿を見ても、分からなかった。

そんな夫が、物置の中に残していったもの。

あの小さな軽い箱が、夫のことを知る唯一の鍵なのだ。


気づけば夫のリュックサックを抱えたまま、物置の入り口に立ち尽くしていた。

まだらに空を覆う灰色の雲の濃淡《のうたん》から、霧《きり》のような細かな雨が落ち、シャツの背中を湿らせていた。大きく息を吐くと、リュックサックを物置の軒下《のきした》に下ろす。

庭に運び出した荷物が濡れるのも構わず、物置の奥へと足を向けた。

埃まみれの床に、手近にあった包装紙を広げた。軍手をはめ、桐箱の中のものを取り出し、並べていく。

佳子の産んだ赤ん坊。

いつ、どうして死んでしまったのかは、分かりようがない。

だが佳子はその遺体を柘榴の木の根元に埋めた。そして佳子の死後、夫はそれを掘り返し、桐箱に収めた。

その事実が意味するところは何か。

佳子と夫の父の間にできた子であれば、当然夫婦の子として育てられただろう。もしも死産であったり、生まれた直後に亡くなったとしても、遺体を庭に埋めるなどということはしない。もちろん葬儀を出すはずだ。

であれば、この赤ん坊は夫の父以外の男との間にできた子ということになる。

いくら夫の父が留守がちであったとしても、この家で気づかれずに妊娠し、出産することなど不可能だろう。

そう考えてから、思い直す。夫の父は、夫が高校三年生の頃に海外に単身赴任し、その後二年間、一度も帰国しなかったのだ。

なるべく外出をせず、近所の目をやり過ごすことができれば、人知れず子供を産むこともできたのかもしれない。夫は高校卒業後、大学進学のために一人暮らしを始め、それからは佳子はこの家に一人だった。だとすれば——。

どちらにしても問題は、佳子が埋めた赤ん坊の骨を掘り出したのが、夫だということだ。

それしか考えられない《可能性》に、必死に吐き気をこらえた。

佳子が危篤《きとく》となった時、夫は私より先に病院に着いた。

意識があるうちに、佳子の口から、柘榴の木の下に埋めたもののことを聞かされたのではないか。佳子がそうして、夫だけにこの事実を打ち明けた理由は、おそらく——。

夫の父が家を空けている間に、佳子は当時高校生だった夫と関係していたのだ。

そうして義理の息子との間にできてしまった子を、堕《お》ろすことができないまま、産み落とした。そしてその赤ん坊をどうすることもできず、柘榴の木の、根元に埋めた。

小さな骨を見つめたまま、私は夫のことを思った。

佳子から、おぞましい秘密を告げられ、夫はそれを掘り返し、桐の箱に隠した。

だが、どうして死ぬ前に、きちんと始末しなかったのか。

一切《いっさい》を残さずに逝《い》ってしまったくせに、これだけを私に押しつけるのか。

——もしかしたら最後まで、答えを出すことができなかったのかもしれない。

毎晩、隣の部屋で夫は一人、この苦難と向き合っていた。

眠れない私は、夫が同じように眠っていないことに気づいていた。

薄い壁の向こうで、何度も寝返りをうつ気配を感じていた。

なのに、何も聞かなかった。

白茶けた骨が、ゆらゆらと燃えているようだった。目のふちが熱くなるほどに怒りをこめて、それを凝視《ぎようし》していた。手を差し伸べることを恐れ、夫を見放した自分が、許せなかった。

——そうして白い破片を見つめているうちに、ふと気づいた。

この骨は、いくら乳児のものとしても、一人分には足りないのではないか。

よく見ると、頭蓋骨《ずがいこつ》はあるが骨盤《こつばん》がない。大腿骨《だいたいこつ》も片方しかなかった。

軍手をはめた指で、丁寧に選《よ》り分ける。肋骨《ろっこつ》と思《おぼ》しき骨は、わずかしか残っていない。脊椎《せきつい》も、数えてみるとほんの四つだけだ。

これは、どういうことなのか。自宅の庭に埋めたのだから、野生動物が掘り返すはずもない。山の中じゃあるまいし——。

山の中。そう考えて、思い至った。

夫が山登りを始めたのは、佳子が亡くなったあとだった。

山登りは、夫の父の趣味だった。

そして夫の父が、死後にそうして欲しいと望んでいたのは——。

私は立ち上がると、物置の外に出て、夫のリュックサックを開けた。

底の方に透明のジップ式のビニール袋があった。空に見えた袋の中に、白い破片が残っていた。

夫はこの赤ん坊の骨を、少しずつ山に持って行き、夫の父が望んだように、散骨していたのではないか。

わざわざそんな方法を取ったのは、そうすることで父への裏切りを償《つぐな》いたかったのかもしれない。

私は再び物置の奥へと戻り、包装紙の上の白い破片を見下ろした。

赤ん坊の骨は、これだけ残っている。

弔いは、まだ途中だった。

夫は死ぬつもりで山へ行ったのではない。不幸にも、遭難して命を落としたのだ。

私は、置いて行かれたのではなかった。

乾いた骨の上に、熱い涙が、頰《ほお》を伝って落ちた。

夫がその内に抱えてきたものを、確かに受け取った。そう思えた。

小さな白い欠片を、元通り、桐箱の中に丁寧に戻す。

夫の子の骨を、こんなところに置いてはおけない。桐箱を胸に抱くと、それが置かれるべきところへ運んだ。

仄暗《ほのぐら》い仏間で、私は四つの遺影を見上げていた。

夫の母。夫の父。佳子。そして夫。

もう一つ、弔うべき魂がここにある。残された私にしかできないことだ。

私には自分の考えが、ほとんど間違いのないものと思えていた。

だが一人だけ、この事実を確かめられる相手がいたことを思い出した。この時間なら、まだ職場にいるはずだった。

隣の居間に足を向けると、電話でタクシーを呼ぶ。ほどなく到着したタクシーの運転手に、生前、佳子が入所していたグループホームの住所を伝えた。

六

「どうもご無沙汰《ぶさた》していました。その後、お変わりないですか」

二年前、佳子が誤嚥《ごえん》をして救急車で運ばれた時、病室には夫の他に、もう一人の人物がいた。

あの日、グループホームから病院まで付き添ってきた若い女性介護士は、私の突然の訪問に少々面食らっている様子で、おどおどと挨拶をした。彼女は昨年、夫の訃報《ふほう》を知り、葬儀にも参列してくれていた。

一周忌の法要を無事に済ませたことを告げ、ロビーから家族向けの面談室に場所を移すと、改めて聞きたかったことを尋ねる。

「義母が意識を失う前、夫に何を告げたのか。どんなことであってもいいから、教えて欲しいんです」

　私の問いに、介護士はとまどい、答えあぐねているようだった。だが、引き下がるわけにはいかない。

　私は笑顔を作り、努《つと》めて軽い口調で訴えた。

「もちろん、義母の話は、認知症からくる妄想《もうそう》の類《たぐい》だったと思うんですよ。だけどそのことで、夫がずいぶんと悩んでいたようだったから——一周忌を終えて、私も気持ちの区切りをつけたいんです。夫のことを知らないままでいるのは、気持ちが悪いでしょう。もう二人とも亡くなっているんだから、困る人もいません。どんな馬鹿馬鹿しい話でも、真《ま》に受けたりなんかしませんから、教えてくださいよ」

　介護士は根負《こんま》けした様子で、「もちろん、妄想の症状に違いないと思いますよ」と前置きして話し始めた。

「佳子さんは、息子さんに、庭の柘榴の木の下に赤ちゃんの死体が埋まっているから、掘り出して供養《くよう》して欲しいっておっしゃったんです」

「まあ、そんなおかしなことを言ってたんですか」

初めて聞いたというように、私は呆《あき》れた声を出した。介護士は私が本気にしていないと取ったのか、ほっとした様子で先を続けた。

「佳子さんって、幼馴染の旦那さんのことが、ずっと好きだったんでしょう。彼が他の女性と結婚してからも、ずっと道ならぬ関係だった、なんて言うんですよ。まあ、きっとそうだったら良かったっていう、妄想なんでしょうけれど」

思わぬ話が始まって、私は眉をひそめる。介護士はそんな私の様子に気づいていないのか、変わらず明るい調子で佳子の《告白》について語った。

「それで、旦那さんと本妻さんの間に子供ができた時に、当時は不倫《ふりん》関係だった佳子さんも旦那さんの子供を妊娠してしまったんですって。堕ろすように言われたけれど、自分だけが産めないというのが、どうしても嫌で、産むことに決めたって。でも、佳子さんは頼るご両親もいなかったし、経済的にも育てられそうになかったから——」

それで、と、動揺を気取《けど》られないように、低い声で先を促《うなが》す。

「自分の赤ちゃんを産んだあと、本妻さんが入院している産院は分かっていたから、忍び込んで赤ちゃんを取り換えたんですって。それで本妻さんの赤ちゃんの顔に布を被せて死なせたあと、せめて両親と一緒にいられるように、旦那さんの家の庭の柘榴の木の下に埋めたんですって。妄想にしても、凄《すご》い話ですよね」

あっけらかんと話し終えると、介護士は肩をすくめた。

震える膝《ひざ》を押さえながら、勤務中に時間を取らせたことを詫《わ》びて、立ち上がった。介護士は屈託《くつたく》ない笑顔でエントランスまで見送ってくれた。

帰りのタクシーの中で、私は佳子のことを思い浮かべていた。

夫を見る時の、赤らんだ目元。夫に呼びかける時の、甘ったるい声。

佳子はあの家で、血の繋がった自分の息子と暮らせて、幸せだったろうか。

自宅に帰り着いた時には、もうすっかり日は落ちていた。夫と、佳子と三人で暮らした家は、夕闇の中に黒い影のようにうずくまっていた。

今は誰もいないこの家で、私も影になったように、真っ暗な仏間に座り込む。

桐箱を膝に乗せ、そっと揺らした。

孝之と名付けられた子の、小さな骨たちが、かさかさと鳴った。

いったい、私の夫は、なんという名だったのだろう。

朽《く》ちない花

「これ、玄関に置きっぱなしになってた。せめて家の中を散らかさないで欲しいんだけど」

ソファーに横になったまま、姉の涼子《りょうこ》が差し出した薬局の紙袋を受け取る。

「どうしたの、貧血の薬なんて。敦子《あつこ》、そんなの飲んでなかったでしょう」

昼間、買い物から帰って荷物を下ろした時に、そのまま置き忘れてしまったらしい。勝手に中身を見られたことに苛立《いらだ》ちを覚えたが、口には出さなかった。一緒に入っていた別の薬に気づかれなかったことに安堵《あんど》する。

「最近疲れやすいから。ちょっと飲んでみようと思ったの」

「どうせ効かないって。あんたのは怠《なま》け病なんだから。大体、働いてないんだから、無駄《むだ》遣《づか》いするお金なんかないはずでしょう」

ピンク色のネイルが光る指先を突きつけ、尖《とが》った声を浴びせてくる。姉は会社から帰ったばかりで、まだスーツも脱いでいなかった。細いラインが入ったスカートの裾《すそ》に皺《しわ》が寄っていて、今日は電車で座れたと見える。それでいつも以上に元気なのだろう。信用金庫の融資《ゆうし》担当というのはストレスの多い仕事らしく、こうして妹に嫌味を言うことで、鬱憤《うっぷん》を晴らしているようだった。

「今日は、何してたの」

　分かり切ったことを、わざわざ聞いてくる。二月末にレストランのホールのアルバイトを辞めてから一か月と少し経つが、近所で買い物をする以外、ほとんど外出していない。

「別に、いつもと同じだよ。晩ご飯は、カレーがまだ残ってるから」

　口を開くのも億劫《おっくう》だったが、すぐに返事をしないと機嫌《きげん》が悪くなるのは分かっていた。姉は何か言いかけたが、諦《あきら》めたように私から目を逸《そ》らすと背を向けた。

「先にお風呂入ってくるから、カレー温めておいてよ」

　乱暴にリビングのガラスドアを開け、廊下に出て行く。脱衣所の引き戸が閉まる音を聞いてから、ゆっくりと体を起こした。ずっと寝転んでいたので、首と肩が酷《ひど》く凝《こ》っていた。急に立ち上がるとめまいがしそうなので、ソファーの背に手を突いて浅い呼吸を繰り返す。洗濯《せんたく》や掃除《そうじ》、食事の支度《したく》といった家事を姉は簡単に押しつけてくるが、それが私にとってどれだけ負担か、理解しているのだろうか。

　台所まで重い体を引きずっていくと、冷蔵庫に入れてあったカレーの鍋を出して火にかける。故郷の長野に住んでいた頃は夏場でもなければ鍋は出しっぱなしにしていたものだが、東京に出てここで姉と暮らすようになってから何度も注意され、食品は必ず冷蔵庫に仕舞《しま》うようになった。

カレーの表面に白く固まった脂《あぶら》を、木べらで崩すようにかき混ぜる。冷え切ったカレーは粘土《ねんど》のように重く、手を動かすのに力が要《い》った。温められて滑らかになったところで弱火にして、サラダやスプーン、グラスとミネラルウォーターをテーブルに出す。立っているのが辛《つら》かったので、ダイニングテーブルの椅子《いす》を台所に運び、座って鍋をかき混ぜながら姉を待った。ドライヤーを使う音がしているので、もうすぐ戻ってくるはずだ。

「何よ、自分の分だけ？」

テーブルの上に一人分だけ準備された皿を見た姉は、抜きすぎて薄くなった眉《まゆ》を吊《つ》り上げる。

「違うよ、私、お腹空《す》いて先に食べちゃったから。これはお姉ちゃんの分」

「何もしてないのに、お腹は減るんだ。ていうか、八時前には帰ってくるんだから、ちょっとくらい待てないの」

「ごめんね。今度から待つようにする」

姉はまだ文句を言いたそうだったが、盛りつけたカレーをテーブルに置くと黙って席に着き、スプーンを手に取った。もう片方の手をリモコンに伸ばし、テレビをつける。姉が好きなドラマの始まる時間だった。

　私は台所に置いたままの椅子にかけて、体力が回復するのをじっと待った。先に食べたというのは嘘《うそ》で、まったく食欲がなかった。目を閉じて、ドラマの会話だけを聞く。姉は観終わったあと、必ず長々と感想を言ってくる。的外れな相槌《あいづち》を打つと、また機嫌が悪くなる。

「──週末は智弘《ともひろ》さんと会うから、洗濯頼むね」

　不意に頭の上から声が降ってきて驚いた。短い時間だが、眠り込んでいたらしい。コマーシャルの間に食べ終わった皿を片づけに来た姉が、こちらを見下ろしていた。

「うん、分かった。私は家にいるから、済ませておく」

「あんたって、いつもそうしてうちで寝てるよね。まだ三十前でしょう。私より四つも若いんだから、もっと遊んだりしなよ。お花見だって、せっかく誘ったのに来なかったし」

　素直に返事をしたのに、また説教が始まる。何がきっかけになるか分からないのだから、対処のしようがなかった。言いわけをするとさらに怒り出すので、目を伏せてやり過ごす。

「服だって、いつもだらしないジャージばかり着てるし。そんなんじゃすぐ老《ふ》け込んじゃうよ。智弘さんも言ってたもの。私の方が若く見えるって」

自信家の姉は、最近付き合い始めた恋人の見え透いたお世辞《せじ》を真《ま》に受けているらしい。智弘が姉のいないところでなんと言っていたか、教えてやりたかった。

「そうだよね。私なんか、お姉ちゃんと違って地味だし、化粧もしないし」

力なくため息をついて、同意してみせる。目の下のしみを隠すために年々化粧を厚くしている姉に、嫌味に思われないよう気をつけた。姉は気を良くした様子で、「敦子だって、ちょっと頑張《がんば》れば、元は良いんだからさ」と上機嫌でテレビの前に戻っていった。

洗い物を終えて姉のドラマの感想に付き合って、自分の部屋に戻ったのは十時を過ぎてからだった。

ベッドに腰掛け、薬局で処方された錠剤をペットボトルの水で流し込む。どうせ効かない、という姉の言葉が思い出され、胸の中に苦いものが広がった。姉はいつも、私のやることなすことを否定する。そして、自分の思い通りにしようとする。

八年前、母が五十代半ばでくも膜下《まくか》出血で倒れた時、姉はすでに東京に出て働いていた。私が小学生の頃に離婚した父は、別の町で新しい家庭を持っていた。

「敦子、あんた学校辞めなさい。どうせ大した大学じゃないんだし。今はそれどころじゃないって、分かるでしょう」

当然のことのように姉は命じた。私は大学を二年で辞め、意識障害を抱えて寝たきりとなった母の介護をすることになった。母のことは大好きだったし、家計が苦しい中、大学まで行かせてもらえたことに感謝していたので、そうなったことに反発はなかった。

それでも最初のうちは、食事や排泄《はいせつ》の世話をするので精一杯だった。母が以前の母ではないという事実を受け止めきれず、苦しみや無力感に襲われることもあった。

だが、ケアマネージャーの勧《すす》めで始めた介護日誌が、それに立ち向かう支えとなった。

食事の内容やその日したリハビリなど、ほんの数行の簡単な覚え書きだったが、感情を交《まじ》えず淡々と書くことで客観的に自身のことを捉《とら》えることができて、気持ちが落ち着いていった。そのおかげか、徐々にではあったが、母の表情の変化に気づけるようになった。

介護食のゼリーを上手く飲み込めず吐き出してしまった時は唇《くちびる》をすぼめて苛立っていたし、週に一度浴槽に入れる日は、少し笑っているような機嫌の良い顔をしていた。

借家の庭に一本だけ植えられた桜が花を咲かせた時は、母は子供みたいにぽかんと口を開けて、一日中でも飽きずに眺めていた。

ささやかで平凡な毎日の記録は、六年と六か月続いて、終わった。

母が大腸癌《がん》を患《わずら》ったためだ。

ある日、おむつを替える時に便に血が混じっているのに気づいて、すぐに訪問医に訴えた。検査を受けた方がいいと言われ、受診した時にはすでに、癌はかなり進行していた。

浸潤《しんじゅん》の程度が酷く、二回目の検査でリンパ節と肺への転移が認められた。介護を始めて七年目の春に、母は逝《い》った。六十二歳だった。

高卒で職歴もない私に、一人で家賃を賄《まかな》える働き口は見つからなかった。姉に言われるままに実家を引き払い、東京の姉のマンションに身を寄せた。家具の処分料や引っ越しの費用は、姉がすべて出してくれた。

だが東京へ出たところで、何のキャリアもなく若くもない女を、正社員で雇ってくれる会社などない。ようやく見つけたレストランのアルバイトの仕事で、わずかな生活費を姉に渡せるようになったところだった。だが——。

枕元の本棚から薄い水色の手帳を引き出すと、最後のページをめくる。

介護日誌を書かなくなってからも、簡単な日記を書く習慣は続いていた。しかしそれは四か月前の日付から、ずっと途切れたままになっている。

《婦人科検診で、私だけが別室に呼ばれた。検査の結果を聞かされて、目の前が真っ暗になった。なんで、こんな目に遭《あ》うのだろう》

白いページを見つめたまま、深く息を吐く。

この続きを書くことが、どうしてもできない。

二

週末、姉を迎えにきた智弘は、マンションの前に車を停《と》めて、なんだか難しい顔をしていた。深い青色のセダンの運転席で、眉間《みけん》に皺を寄せて、手の中のスマートフォンの画面に目を落としている。左ハンドルのその高級車は、イタリアのマセラティというのだと、姉が自慢げに教えてくれた。

近づいてきた私に気づいて、すぐにパワーウインドウを下ろす。

「涼子は、まだ支度中?」

尋《たず》ねながら、おどけたように頬《ほお》をはたく仕草をする。姉の化粧に時間がかかるのはいつものことだ。

「そう。電話しようとしたら繋《つな》がらなかったから、言ってきてって。人使い荒いでしょ」

「ちょうどこのマンションが、電波を遮《さえぎ》ってるんだよな。俺も今、店に電話しようとして困ってたんだ」

「私、車見てるから、かけてきたら。そこの交差点まで出れば繋がると思う」

「助かるよ。取引先から、仕入れが間に合わないって連絡あってさ。急いで現場と打ち合わせしなきゃいけないんだ」

拝《おが》むように片手を上げ、涼しげな目を細めて微笑《ほほえ》む。ドアを開けて車を降りたのを、上手く避《よ》けることができず、大柄な体と正面から対峙《たいじ》した。柑橘類《かんきつるい》と森の土が混じったような、智弘の匂いがした。

顔を上げると、目が合った。少し気まずそうに笑うと、ごめん、と言い残して早足で交差点の方へ歩いていった。

智弘は、私が二月までアルバイトをしていたレストランのオーナーだった。

元々は不動産開発の仕事をしていたが、三十六歳で起業し、二十三区内にそれぞれコンセプトの違う四軒のレストランとバーをオープンさせた。前職の経験を生かして立地や客層を徹底的に調査し、どの店舗も繁盛店《はんじょうてん》として経営を成功させたのだという。研修の際にマネージャーから、オーナーの経歴をそう教えられた。私は中目黒《なかめぐろ》に出店した五軒目のレストランの、オープニングスタッフとして雇われたのだった。

まさかそのオーナーと、ホール担当のアルバイトである私がこのような関係になるとは、その時は思いもしなかった。

電話を終えた智弘が、こちらへ手を振りながら戻ってくる。小さく手を振り返しながら、ふと車の窓に目を落とすと、半分降りたままのパワーウインドウの隙間《すきま》に、薄桃色の花びらが挟まっているのを見つけた。先月、姉と奥多摩《おくたま》へ花見に行った時のものだろうか。指先で丸い小さな一片を摘《つま》み上げながら、重い塊《かたまり》のようなものが胃を押し上げるのを感じた。姉はどういうつもりで、私をその場に誘ったのだろう。

「助かったよ。厨房《ちゆうぼう》の方も、どうにか対応できるって」

振り向いて、笑顔を作る。

「相変わらず、忙しいのね。姉から聞いたけど、自由《じゆう》が丘《おか》にもまた新しいお店がオープンするんでしょう？」

なぜか智弘の表情が曇《くも》った。私の問いかけに返事をせず、唇をかすかに開いたまま、じっとこちらを見つめている。筋肉質な体には窮屈《きゆうくつ》そうなスーツの胸元が、ゆっくり上下していた。落ち着いた赤色のネクタイを留めるピンのダイヤが、そのたびにきらきらと瞬《また》く。

やがて決心したように、智弘は一歩前に出ると、私の耳に口を寄せた。囁《ささや》くような声で、だがはっきりと、思いがけない言葉を告げた。

——本当に？

聞き返そうとした時、マンションのエントランスに耳障《みみざわ》りな高い声が響いた。

「ねえ、洗濯機、とっくに止まってんだけど」

姉は不機嫌そうに腕を組み、自動ドアの前で仁王立《におうだ》ちしていた。白いフレアスカートから覗《のぞ》く黒ずんだ膝《ひざ》が痛々しい。若作りの姉は、年齢に合わない短い丈《たけ》のものを好んで穿《は》く。ピンク色の半袖ニットは、胸元が大きく開いていた。

「ちょっと遅れるって伝言頼んだだけなのに、いつまで話してるのよ」

「違うんだ。俺が電話してる間、車を見てもらっただけ。な、敦子ちゃん」

無理に明るい声で弁明しながら、智弘の目が泳いでいた。

「早く干さないと、服がしわになっちゃうでしょう。言われたことくらい、ちゃんとやってよね」

姉はヒールの音を鳴らしながらエントランスから続く階段を降りてくると、わざとらしくため息をついた。

「ごめんね、帰ったらすぐやっておくから。じゃあ、行ってらっしゃい」

智弘と目を合わせないよう、俯《うつむ》いたままマンションの方へと戻る。階段に足をかけた時、後ろから姉の声がかかった。

「敦子。あんた部屋の鍵、持ってないでしょう」

振り返ると同時に、飛んできた硬い革のキーケースが下腹部に強く当たった。激しい痛みに、息が詰まり、その場にうずくまる。大丈夫かと智弘が叫んだが、顔を上げることもできなかった。

「大丈夫よ。この子、いちいち大げさなの。自分が受け損《そこ》なったのに、私が悪いみたいじゃない。ほら、早く拾いなさいよ」

冷ややかな姉の声が降ってくる。呼吸を整えながら、のろのろと手を伸ばし、アスファルトに転がったキーケースを摑《つか》んだ。

「それより、智弘さん。今日は大事な日なんだから、そろそろ出ないと」

私に聞かせようとするような、どこか演技がかった言い方だった。目を上げると、口の端を歪《ゆが》めた姉がこちらを見下ろしている。

「婚姻届、もらいに行くんでしょう。早く行かなきゃ、ランチに間に合わなくなっちゃうもの」

姉がたるんだ二の腕を、智弘の腕に絡《から》める。吐き気が襲い、思わず口元を押さえた。

「じゃあ、行ってくるね、敦子」

無言で頷《うなず》いた。ドアの閉まる音がしたところで、やっと立ち上がる。低いエンジン音を背中に聞きながら、エントランスの階段を昇った。指が震え、エレベーターのボタンを押すのに手間取った。

玄関に鍵をかけ、自室に駆け込みカーテンを閉めると、着ていたパーカーのファスナーを下ろす。キーケースの当たった箇所はくっきりと赤みを帯びて、手を当てると熱かった。

すぐに病院に行くべきか、判断がつかなかった。下腹部が硬く、強張《こわば》ったようになっているが、痛みは徐々に治まってきたようにも思える。

区の婦人科検診の案内が送られてきたのは、昨年の秋のことだった。子宮頸癌《しきゅうけいがん》検査の無料チケットが同封されており、希望すれば乳癌の検査なども一緒に受けられると書類にはあった。母のこともあって、学生時代の健康診断以来、何の検査も受けたことがないのを気にしていた。良い機会だと考え、検診に行くことにした。

無料とあって、指定された検査の日、病院は同年代の女性たちで混み合っていた。検査結果は後日郵送されることになっていたが、自分だけがその日のうちに別室に呼ばれた。

医師の言葉を、絶望的な思いで聞きながら、母の告知の日のことを思い出していた。

あの日、隣で検査の結果を聞いていた姉は、頬を震わせ、赤く濡《ぬ》れた目で私を睨《にら》みつけた。

「あんた、なんのためにお母さんと一緒に暮らしてたの」

そのまま入院となった母のベッドの横で、大声で私をなじった。母が倒れ、介護が始まってから六年半。姉が東京から帰ってきたことは、数えるくらいしかなかった。たまに顔を見せると、母の髪の毛がぼさぼさで可哀想《かわいそう》だとか、爪が伸びているとか、私の落ち度を見つけては文句を言うばかりで、母の世話は一切《いっさい》しなかった。

私は黙って、姉の叱責《しっせき》を受け止めた。言われなくても、激しく自分を責《せ》めていた。どうしてもっと早く気づけなかったのか。母の食欲が落ちたことも、頻繁《ひんぱん》にお腹を壊すようになったことも、そばにいて見ていながら、単に体調が悪かったのだと思い込んでいた。

「もっと早く病院に来てたら、助かってたって。あんたのせいだよ。ずっと私たちのために頑張って働いてきて、本当なら、やっと楽な生活ができるところだったのに、あんたのせいで」

言葉は分からなくても、雰囲気は伝わるのだろう。母は気づかわしげに目だけを動かし、私と姉を見ていた。

「お母さんの代わりに、敦子が不幸になれば良かったんだ。あんたなんか、何の役にも立たないくせに」

あの時、姉が投げつけた言葉が――悪意が、形を成《な》して私に降りかかったのか。

あり得ない想像をしながら、私は医師の説明を聞いた。手術を受ける日を決めるために、いくつか検査を受ける必要がある。今日のうちに予約を入れていくよう言われたが、家族と相談してからにすると告げて帰った。

その後、手術と入院のための費用を調べてみたが、自分のわずか数万円の貯金ではとても足りなかった。しかし、姉に頼ることだけはしたくなかった。

そんな局面で、そうして意地を張ろうとしていることで、私は初めて、姉に抱いていた感情をはっきりと自覚したのだった。

薄暗い部屋の中で、キーケースを握《にぎ》り締《し》めたまま、立ち尽くしていた。

姉に頼らないと決めた時、真っ先に浮かんだのは智弘の顔だった。

だが、結局打ち明けられなかった。

覚束《おぼつか》ない足取りで、本棚の前へと進む。様々な思いが渦巻《うずま》き、破裂《はれつ》しそうだった。

水色の手帳を手に取り、叩きつけるように机の上に開いた。

そこに書きつけた一行を、長い時間見つめていた。

《智弘さんに、結婚しようと言われた》

白いページの真ん中に、小さな字で書かれた文が、不意にゆらりと歪んだ。

三

智弘と最初に会話をしたのは、レストランがオープンして三か月が過ぎた頃だった。その月の売り上げ目標を達成できたということで、閉店後、スタッフたちで打ち上げをするとマネージャーから告げられた。片づけのあと、私服に着替えてからホールに戻って驚いた。

照明の落ちたホールの中央にテーブルが縦一列に並び、白いクロスがかけられていた。その上に、カットガラスのホルダーに入れられた小さなキャンドルがいくつも置かれ、美しい光の文様《もんよう》を描いている。キャンドルとキャンドルとの間には、同じホルダーに活《い》けられた白いクチナシの花が飾られていた。

呆然《ぼうぜん》と見入っていると、シャンパンが注がれたグラスとナプキンが配られた。マネージャーのスタッフへの感謝の言葉と乾杯の挨拶《あいさつ》のあと、運ばれてきたワゴンからそれぞれの皿に料理が取り分けられた。

スモークサーモンと玉ねぎのレモン風味のサラダ、鴨肉《かもにく》のロースト、帆立貝《ほたてがい》とほうれん草のグラタンなど、どれもまかない料理とは違う、手の込んだものばかりだった。長野の片田舎《かたいなか》の町から出たことがなく、こうした華やかな空間とは無縁で暮らしてきた私には、このパーティーは経験したことのないような、心の浮き立つ時間だった。

アルバイト仲間とおしゃべりしながら、食事とワインを楽しみ、気づけば終電を逃していた。近所に住むスタッフたちが徒歩で帰るのを尻目に、マネージャーの計らいで、私を含む何人かは店に泊まらせてもらうことになった。居残り組の中で、女は私だけだった。

「大丈夫？　疲れてない？」

どうせ始発まで待つのだからと片づけを始めた時、キッチンでシャツの袖《そで》をまくって鍋を洗っていた長身の男に声をかけられた。それがオーナーの智弘だと、最初は分からなかった。

「わざわざ片づけなんかいいのに。ありがとうね」

チャコールグレーのスラックスに洗い場用のゴムエプロンをかけ、空《から》のグラスの載ったお盆を受け取ろうとする。研修中に打ち合わせに来たオーナーの姿を見かけたことはあったが、きちんと顔を見るのは初めてだった。智弘はスポーツ選手のような体つきに合わない、色白で整った顔立ちをしていた。

私がお盆からグラスを下ろすと、智弘は手際《てぎわ》良く専用の洗浄機に並べていく。代わりますと言ったが、洗い物は慣れているからと断られた。そのまま立ち去ることもできず、洗い終わった鍋をクロスで拭《ふ》くことにした。

アルバイトの立場でオーナーと二人きりという状況に緊張しながらも、無言で手を動かすのも居心地《いごこち》が悪いので、ひとまずパーティーのお礼を言った。キャンドルやフラワーアレンジの演出も素敵で、料理もとても美味《おい》しかったと素直に感想を述べると、智弘は照れ笑いを浮かべながら、そんなふうに喜んでもらえて嬉《うれ》しいと言った。驚いたことに、今日の料理もテーブルセットも全て、智弘が一人で準備したものだという。

「オーナーは、以前は不動産業をされていたんじゃないんですか」

マネージャーから聞かされた経歴を思い出しながら尋ねた。

「実家が、レストランだったんだよ。中学の頃から、手伝いにこき使われていたからね」

「へえ、どちらのお店なんですか」

何気《なにげ》なく尋ねた一言で、智弘は黙り込んでしまった。気安く話しすぎたかと後悔しかけた時、智弘は静かに微笑んでぽつりと言った。

「今はもうないんだ。母が亡くなって、父は店を閉めてしまった」

その言葉を聞いた瞬間、涙がこぼれ、止まらなくなった。

なぜなのか、自分でも分からなかった。

思えば母を亡くしたあと、姉に言われるままに生まれ育った家を出て、東京での暮らしを始めたばかりの頃だった。姉と住むようになってから、私は悲しみや寂しさに蓋《ふた》をしていた。姉の前で泣くことが、どうしても嫌だったのだ。

きちんと悲しむことをせず、母との思い出を振り返ることも避けていた。だけど、限界だったのだろう。パーティーの興奮と疲労と、慣れないアルコール。そこに智弘の思わぬ告白が重なったことで、抑《おさ》えていた感情が決壊してしまったのだと思う。

突然泣き出した私に、智弘は慌《あわ》てた様子でペーパータオルを手渡してきた。涙と鼻水を拭きながら、弁解するように、母を亡くしたことを打ち明けた。

洗い物が済むと、智弘はマンションまで車で送ると言い、私は受け入れた。

あの深い青色の車には、それから何度も乗ることになった。智弘の匂いのする車内で柔《やわ》らかなシートに身を預け、色々な景色を見た。色々な話をした。

勝ち誇った顔をした姉に、智弘と寝たと、打ち明けられるまで。

手帳に挟まれた白いクチナシの押し花を手に取る。私の運命を変えたあの夜の思い出は、乾いてふちが茶色くなっていた。

驚くほど軽いその一片を見つめたまま、私は智弘と姉のことを考えていた。

これからのことを思えば、どうしてもお金が必要だった。

計画は充分に練ったつもりだ。そのために相手の状況を調べたし、知識も得た。あとは決断するだけだった。

たとえ必要なお金だとしても、それを人から奪うのは許されることなのか。

自問自答しながら、笑っている自分に気づいた。

許されないに決まっている。だが、そんなことは問題ではない。

手帳を元通りに仕舞うと、ゆっくりと立ち上がる。

正面に置かれた、マンションの洋室には似合わないアンティークな鏡台。母の嫁入り道具だったのを、これだけは処分せずに運んできた。

引っ越しの日、何もない抜《ぬ》け殻《がら》のような母の部屋で、この鏡台の前になすすべもなく座り込んでいた。あの借家は、今も空き家のままだと聞いている。

鏡の前に座り、ひんやりした黒い髪を撫《な》でる。

母譲《ゆず》りの真《ま》っ直《す》ぐな長い髪を、智弘は褒《ほ》めた。姉よりも白く滑らかな頬も、柔らかな唇も。

涼子より、敦子ちゃんの方がきれいだ。何倍もきれいだ。

涼子とのことは、仕方なかったんだ。どうか許して欲しい。やり直して欲しい。

智弘の甘い声が、胸の底に沈んでいく。

私は、私の醜《みにく》さを自覚しながら、目を閉じた。

――その日、深夜になっても、姉は帰ってこなかった。

レストランのマネージャーから、緊迫した声の電話がかかってきたのは、翌日の昼を過ぎた頃だった。

「うちのチェーン、倒産することに決まったらしい。それで、昨日からオーナーが行方《ゆくえ》不明になってるんだけど、そっちに何か連絡なかったか」

手の震えを抑えつけるために、スマートフォンを強く握り締めた。

四

「じゃあ、レストランの経営が悪化していることは、ご存じだったんですね」

濃紺《のうこん》のビジネススーツを着た中年の男は、テーブルの上で組んだ節《ふし》くれだった手に力を込めると、確認するように目を上げた。

テスト期間なのか、駅前のファストフード店は女子高生の集団で混み合っていた。少しでも自分に注目を集めたいのか、誰もがやたらと声を張り上げて話す。おかげで周囲に会話を聞かれないか、心配する必要はなかった。

「元のアルバイト仲間から、聞いたことはありました。私が働いていたのとは別のお店で食中毒があって、営業停止になったって」

「それで銀行が融資を引き上げたのに、強引に新店をオープンさせようとして、いよいよ経営が回らなくなったというのは？」

「そこまで詳しくは聞いていません」

「お二人の行き先に、心当たりはありませんかね」

　唇を嚙《か》んで、自身の指先を見つめる。おそらく、と思い浮かぶ風景があった。

「この間、二人で奥多摩に行って、桜が凄《すご》くきれいだったって聞きましたけど」

　男が場所を聞きたいというので、以前姉から聞いた旅館の名前を答えた。男はスマートフォンを取り出し、部下らしき誰かに指示を出す。

「ああ。旅館だけじゃなく、その近くのホテルも全部調べてくれ。マセラティなんか、そうそう停まってねえはずだ。見つけても手は出すなよ。売掛金が戻ってくればいいんだ。つまらねえことで警察呼ばれたら困るからな」

　さっきまでの丁寧《ていねい》な口調とは打って変わって、凄みをきかせた低い声で話しながら、ちらりと冷たい視線を送ってくる。何か隠せば痛い目に遭うと、私を脅《おど》しているつもりだろうか。負けないように見返しながらも、つい下腹部を庇《かば》うように押さえた。

男は電話を終えると、テーブルの上に名刺を置いて立ち上がった。

「おたくも大変でしょうが、もしお姉さんたちから何か連絡があったら、こちらにお電話ください。何時でもかまいませんので」

コンサルタント業だと聞いたが、社名ではそうと分からなかった。肩書は『主席』となっている。昨日、マネージャーからの電話の直後、家の電話に男から着信があり、会いたいと言われた。

智弘のレストランチェーンは、急激な経営悪化で倒産寸前に追い込まれていた。男は仕入れ業者から、売掛金の回収を頼まれたのだという。そんな中、智弘が行方をくらまし、探しているとのことだった。

何度か姉と智弘のスマートフォンにかけてみたが、どちらも繋がらなかった。予想外の事態だった。あの男より早く、二人に会わなければならない。

ファストフード店を出ると、見張られていないか周囲を確認し、そのまま駅に向かった。かなり長い距離を移動することになるが、疑われないよう、荷物は小さなバッグ一つだけにした。

山手線で新宿《しんじゅく》に向かい、もう一度尾行《びこう》されていないか見回してから、一〇番線ホームへの階段を昇る。四年前に開通した新幹線を使うよりも、特急の方が早いことは調べてあった。

二時間半後、私は懐《なつ》かしい故郷の町の駅に降り立った。駅のロータリーに一台だけ停まっていたタクシーに行き先を告げる。目的地に着いたのは、大分《だいぶ》日が傾《かたむ》き、薄暗くなってからだった。

家の前の庭に停められた車にはシルバーのカバーがかかっていたが、その大きさと形で智弘のものだということはすぐに分かった。伸び放題の雑草を、黒々としたタイヤが押し潰《つぶ》している。人が住まなくなって、まだ一年ほどだというのに、家はすでにどこか朽《く》ちたような雰囲気を漂《ただよ》わせていた。

呼び鈴を押してみたが、電気が通っていないのか鳴らなかった。ドアを叩く。返事はない。しばらく待ったあと、思いついて、玄関脇に置いたままの植木鉢を持ち上げた。錆《さ》びた鍵がそこにあった。いくら不用心だと言っても、まだ元気な頃の母は、家の鍵をこういうところに隠していた。母が倒れ、介護をしていた六年半の間、ずっとこれに気づかずにいたのかと、少しおかしくなった。

引っ越したあとも鍵の付け替えはしていなかったらしく、問題なくドアが開いた。三和《たた》土《き》に靴はないが、大きな足跡がくっきり残っていた。

「お姉ちゃん、私だよ。一人で来たから」

ここまで来るので疲れ切っていて、大きな声は出せなかった。だが、しんとした家の中ならば充分だった。奥で物音がした。

靴脱ぎに腰かけてしばらく待つ。廊下で気配がして振り向くと、先に強張った表情の姉が現れ、まもなく智弘がその後ろをついてきた。風呂に入れなかったからか、二人とも髪の毛が脂っぽく光っている。

「――なんであんたがここにいるのよ」

精一杯、虚勢《きょせい》を張っているのだろう。不機嫌そうな声で姉が尋ねる。

「お姉ちゃんたちが逃げた日に、智弘さんから聞いてたの。二人でしばらくいなくなるけど、心配しないでって」

あの時、マンションの前で智弘からそう打ち明けられた。経営が悪化していることは知っていたが、こんなに早く動くことになるとは思わなかったので驚いた。

「じゃあ、あなたが呼んだの？」

姉に睨まれ、智弘が慌てて首を振る。

「まさか！　敦子ちゃんを巻き込むつもりなんか、なかったよ。ただ、心配させちゃいけないと思って言っただけで、この場所は教えてない」

私も、こんなことに巻き込まれるつもりはなかった。するべきことを終えて、早く帰らなくてはならない。私は口を開いた。

「私、お金をもらいにきたの。智弘さんの口座から、とりあえず一千万円ほど振り込んでくれる？」

予想もしなかった言葉なのだろう。姉が目を剝《む》いた。

「なんで？　あんたにそんな権利、あるわけないでしょう。それに、聞いてるよね。智弘さんの会社は倒産寸前で、お金なんか――」

「だから、急いで結婚したんだよね」

その一言で、姉は見る見る青ざめた。

「計画倒産させるために、会社の資産をお姉ちゃんと智弘さんの個人の口座に移したんだよね。全部智弘さんの口座に移したりしたら、さすがにみんな黙ってないでしょう。あの怖いコンサルタントの人とか、すぐに気づきそうだもの」

そもそも、信用金庫で長年働いてきた姉なら何か知恵を借りられるだろうと、智弘に紹介したのは私だった。

レストランの一軒が営業停止となり、資金繰りが苦しいのだと相談され、姉に引き合わせたのが間違いだった。姉の利己的《りこてき》な性格は知っていたが、経営を建て直すどころか会社の資産を個人の口座に移した上で倒産させるとは思わなかった。その上、共犯関係となったことを盾《たて》にして、智弘と無理やり関係まで持つとは。

「だから、どうしたっていうの」

うつむいていた姉が、顔を上げて不敵に笑った。

「それが分かったところで、あんたにお金を渡す義理はないから」

確かに、私には何の権利もない。権利があるのは私ではないのだ。姉の顔を見上げ、下腹部に手を当てて、ゆっくりと言った。

「私が欲しいのは、今このお腹の中にいる子の、養育費だよ」

婦人科検診で妊娠を告げられた時は、ショックだった。

智弘とは、何度もデートを重ね、結婚しようとまで言われていたが、私にそのつもりはまったくなかった。

パーティーの夜、母を亡くした悲しみで感情が揺れている時に、つい体を許してしまった。だが客観的に見れば、その状況で自分の経営する店のアルバイトの女をホテルに連れ込む男が、魅力的なはずがない。自身に起きたことを手帳に記し見つめ直す習慣のおかげで、私は智弘の浅はかさに早くから気づいていた。

智弘があの青い大きな車で連れて行ってくれたのは、テレビで話題になったというだけの興味のない場所ばかり。話すことは自慢と愚痴《ぐち》だけ。智弘と付き合うのは本当に苦痛だった。あの鼻につくコロンの匂いも、大嫌いだった。

だが、やっと見つけたアルバイト先で、一度は関係を持ってしまったオーナーの誘いを、簡単には断ることができなかった。経営状況が悪化したとアルバイトの私に泣きついてきた時はうんざりしたが、それでも姉に紹介してやったりと、自分なりに誠意のある対応をしてきたつもりだった。その結果、避妊に失敗して妊娠させられると知っていたら、すぐにでも別れていたのに。

最初は中絶することを考えた。しかし、レストランの資金繰りで頭がいっぱいの智弘に、すぐには手術費用のことを言い出せなかった。どうしたら良いのかと思い悩んでいるところに、姉が智弘と関係を持ったことを打ち明けてきたのだ。

これで智弘と別れられる。そう安堵した瞬間、私はこの子を産もうと思った。

私が子供を産むことに躊躇《ちゅうちょ》していたのは、智弘との関係を絶《た》ちたかったからなのだ。それさえなければ中絶などしたくないし、授《さず》かった命を愛《いと》おしく思っていた。そんな自分の気持ちに気づけなかったのは、妊娠が分かった日から、日記をつけることをやめていたせいかもしれない。

今、お腹の子は妊娠五か月になった。いつもゆったりした服ばかり着ているのであまり気づかれないが、徐々にお腹の膨《ふく》らみも目立ってきたところだった。つわりもまだあるし、体が重くて疲れやすい。貧血や、時々下腹部が硬く張るなど心配な症状もあるが、妊娠中期にはよくあることらしい。きちんと健診を受けて処方された薬を飲んでいるおかげで、妊娠経過は順調だった。

腕時計に目をやり、そろそろ頃合いだろうと立ち上がる。

「怖い会社の人に追われてるみたいだし、ここに隠れているのが見つかって、せっかく個人口座に移した資産を取られちゃったら困るじゃない。その前にこの子の分をもらっておこうと思ったの。養育費は法律で守られてるこの子の権利だものね。まだ私以外は気づいてないけど、早く他の場所に逃げた方がいいんじゃないかな。一緒に逃げた女の実家なんて、すぐ探しに来ると思うよ」

二人の口座の金は、本当なら仕入れ先や従業員に支払われるべきなのだろうが、生まれてくるこの子を不自由なく育てるためなら、そんな正義など、どうでも良かった。振り込み先の口座のメモを、智弘ではなく姉に渡す。決定権を持っているのは、姉の方だ。

「どうして、あんたは、ここにいるって分かったの」

メモを握り締め、絞り出すような声で、姉が尋ねた。

疲れていて、本当に面倒だったが、返事をしないと怒り出すだろうから答えてやった。

「智弘さんの車の窓に、桜の花びらがついてたの。まだ茶色くなってない、きれいな花びら。落ちた花びらって、すぐ茶色くなっちゃうでしょう。奥多摩に行った時の花びらが、そんなふうに残ってるはずはないから、つい最近、桜が咲いてるところに行ったんだって分かったの。四月上旬に桜が咲いてるのは、やっぱり長野かなと思って。ここに隠れるって決める前に、下見に来たんでしょう」

母が好きだった庭の桜の木は、今はもう葉桜になっていた。

用件を全て済ませたところで、じゃあ、と二人に背を向ける。智弘の顔を、一度もまともに見なかったことに気づいたが、特に心残りはなかった。

それよりも、一九時三〇分発の特急に間に合うように、早くここを出たかった。

私は、終電を逃すわけにはいかない大事な体なのだ。

柔《やわ》らかな背

一

「おばあちゃん、俺、本当に困ってんだよ。このままだと先輩に何されるか、分かんないんだ」

まだ幼さの残る亮介《りょうすけ》の途方に暮れた声に、私は胸が潰《つぶ》れる思いがした。

「でも、もうそのことはちゃんと謝って、許してもらったんでしょう」

言いながら、知らず受話器を手で覆《おお》い、周囲を窺《うかが》うような仕草になる。幸恵《ゆきえ》が仕事から戻るのはいつも夕方だが、あの子にだけは聞かれたくなかった。幸恵は狭量《きょうりょう》で、自分になんの不都合がないことであっても、他人の失敗を許せない性質《たち》だ。相手が自身の甥《おい》っ子であっても、きっと同じだろう。

「自業自得《じごうじとく》よ。したことのつけは、自分で払うのが当然じゃない」

それが幸恵の口癖《くちぐせ》だ。甘やかされて育った友達の息子が引きこもっているとか、職場のだらしない後輩が消費者金融に借金をしているとか、そんな話を私に教えながら、唇《くちびる》を歪《ゆが》めてなじるのだった。

実の娘の立場だと遠慮がなくなるのか、特に私には当たりが強いように思う。幸恵と同居を始めてから半年、自分の家だというのに、私はいつも緊張を強《し》いられて生活していた。

「この間のお金だって、幸恵おばちゃんにばれないようにするの、大変だったのよ。誰か他に、相談できる人はいないの」

「親父やおふくろに言ったら、絶対警察に行けって言うよ。頼れるのは、おばあちゃんだけなんだ」

目の奥が熱くなり、息が詰まった。亮介の追い詰められた心境を思うと痛ましくてたまらず、体が震えてくる。まだ高校生だというのに、どうしてこんなことに巻き込まれてしまったのか。代われるものなら代わってやりたかった。

「ごめんね、亮ちゃん。なんとかしてあげたいけど、今日はどうしても無理なの。銀行に行っている時間もないし、でも、明日の昼だったら出られるから」

壁にかけられた時計を見上げる。この北関東の田舎町《いなかまち》から亮介の暮らす東京まで、片道二時間はかかる。近くに住んでいればと、もどかしい思いでエプロンの裾《すそ》を握《にぎ》り締《し》めた。

本当なら、すぐに助けてやりたいのだ。だが、今から家を出るのでは、幸恵が帰るまでに駅前の銀行まで行って戻ってくることすら難しかった。近所のバス停は本数が少なく、タクシーも来るまでに二十分は待たされる。車の運転は、春に県道で自損事故を起こしてからもう何か月もしていなかったし、今日は幸恵が通勤のために車を使っていた。

受話器の向こうで、小さく息を吐く音がした。

「――分かった。待ってくれるように言ってみる」

絞り出すような、苦しげな声だった。亮介とは思えないほど硬い、切迫した口調で、明日は絶対に頼むよと念を押して、電話は切れた。

叩《たた》きつけるように受話器を置き、もう一度時計を見ると、寝室にしている隣の和室へ急ぐ。押入れの下段の衣装箱の奥から、生前、夫が使っていた茶色の革のセカンドバッグを引っ張り出した。動きの渋いジッパーを苦労して開け、ナイロンのケースに入った銀行の通帳を手に取る。夫の生命保険金が振り込まれたきり、ずっと手をつけずに仕舞《しま》ってあったものだ。

夫は長年勤《つと》めた金属部品メーカーを定年退職したその年の冬に、くも膜下《まくか》出血で亡くなった。もう二年前のことだ。運動不足にならないようにと近所の川沿いを散歩するのが日課で、土手の草むらにうつぶせに倒れているところを自転車通勤のサラリーマンが見つけたのだ。病院に運ばれた際には息があったらしいが、私が駆けつけた時には、もう真っ白な顔で目を閉じているだけだった。

わけも分からないまま、他の家族を呼ぶように看護師に言われて浩一《こういち》と幸恵に電話をかけた。幸恵はそんな時ですら「お母さんがちゃんと気をつけていれば」と私を責《せ》めようとしたが、浩一がたしなめてくれた。幸恵は自分より出来のいい五歳上の兄には、いつも従順だった。

あの時、亮介は十四歳だった。まだ体より少し大きい中学の制服を着て、神妙な顔で動かない祖父の手をさすっていた。浩一に似て、男の子の割に細くてしなやかな指をしていた。

顔立ちも、亮介は父親の浩一にそっくりだった。濃いまつ毛の下の茶色がかった瞳。くっきりと通った鼻筋も、なんだかいじけたように尖《とが》った小さな唇も、浩一と同じだった。きっとあの優しい性格も父親似なのだ。幸恵と同じく批判的な気質の夫は、気が弱すぎるんじゃないかと顔をしかめていたけれど、それでもたった一人の孫を、とても可愛《かわい》がっていた。亮介が両親に連れられて泊まりにくる時などは、あの評判の店の菓子を買ってこいだとか、寒くないように厚い布団《ふとん》を出してやれだとか、あれこれと私に指図《さしず》した。

あの人だって、亮介のためなら、賛成してくれるに決まっている。

そう自分に言い聞かせ、通帳と印鑑をエプロンのポケットに入れる。セカンドバッグを元通り仕舞い、押入れの襖《ふすま》を閉めた。

振り向くと縁側から射し込む日差しが、色の褪《あ》せた畳の上に真《ま》っ直《す》ぐな光の筋を描いている。いつしかこんなに日が傾《かたむ》いていた。昔のことを思い出すうちに、またぼんやりしてしまったようだ。幸恵が戻る前に、夕飯の支度《したく》を済ませておかなくてはいけない。

座卓に手を突いて立ち上がる。痛む腰を押さえながら台所へ向かった。冷蔵庫の中を見て、今日は何を作る予定だったか思い出す。注意深く手順を確認しながら、水を張った鍋をコンロの火にかけた。

最近、少し物忘れや間違いが増えてきて、幸恵に指摘されたばかりだ。集中している時はいいのだが、何かをしながら気づけば考えごとに夢中になっていることがよくある。それでうっかりやりかけのまま放り出して別のことを始めたり、おかしな具合に失敗してしまうのだ。この前は買い物の予定を考えながらごみ出しに行こうとして、いつの間にか買い物用のバッグにごみを詰め込んでいた。

しっかりしなくてはいけない。今、亮介を守れるのは私しかいないのだ。

確かにあの子にも落ち度があったかもしれない。だけどそのために、将来に傷をつけるようなことになっては困る。そもそも、そんなに非難されるようなことではないと、私は思う。きっと優しい子だから、そこにつけこまれてしまったのだろう。

お金で片《かた》がつくことなら、それでいい。

たかが小さな生き物の命を奪ったくらいで、あの子が苦しむいわれはないのだ。

二

夕飯の支度をあらかた終えたところで、玄関の戸が開く音がした。今日は間に合ったと、安堵《あんど》しながら廊下に出る。仕事から帰ってすぐに食事ができないと、幸恵は不機嫌《ふきげん》になる。

「おかえり。寒かったでしょ」

「この匂い、また煮物なの。年寄り臭いものばっかり作るんだから」

私と目も合わせず、父親譲《ゆず》りの低い鼻に皺《しわ》を寄せる。厚ぼったい前髪の下の、眉間《みけん》の皺が黒ずんで見えた。この子も年を取った、と改めて思う。脱いで渡してきたコートから、煙草《たばこ》の嫌な匂いがした。

「お母さんの年金、安いから。あんまり贅沢《ぜいたく》もできないのよ」

暗に生活費を払って欲しいと言ったつもりだった。幸恵はここで暮らすようになってから、一円も家にお金を入れたことがない。

「お父さんも、順番間違えたわね。お母さんが先に死ねば、こうはならなかったのに」

よくもそんなことが言えるものだと、思わず目を剝《む》いた。確かに夫は勤続四十年以上で年金もそれなりにもらえたが、その夫を定年まで支えたのは、この私なのだ。

「お母さんが先に死んでたら、お父さんはご飯も作れないし、洗濯《せんたく》も掃除《そうじ》もできなくて困ったはずよ」

「そんなの、家政婦雇えばいいだけよ。家のことなんて、誰だってできるんだから」

ならどうしてあんたは何もやらないの、と言ってやりたかったが、幸恵と争っても嫌な思いをするだけだ。それに、幸恵が大きな顔をしていられるのも、今だけなのだ。私には幸恵を追い出すための切り札がある。そのことも知らずに、呑気《のんき》なものだ。

せめてもの仕返しに聞こえるようなため息をついて、私は台所へ戻った。カレイの煮《に》つけと切り干し大根の炒《いた》め煮をそれぞれ盛りつけ、ほうれん草のおひたしに鰹節《かつおぶし》を振る。

そうしているうちに、綿入《わたい》れを羽織《はお》った幸恵が居間のテレビをつけ、こたつに足を入れる。お気に入りのアイドル番組が始まる時間だった。

本当に、なんにもしないんだから。

料理の皿と茶碗《ちゃわん》をこたつに並べ、味噌汁《みそしる》を運んでくると、幸恵は自分の分だけご飯をよそって食べ始めていた。

「お父さんの三回忌のこと、兄さんに言った？」

目線はテレビに向けたまま、もそもそと箸《はし》を動かしながら幸恵が尋《たず》ねる。

「もう、三年も経《た》ったのかしら」

「三回忌って、二年目にやるじゃない。知らないの？」

　馬鹿にしたような物言いに、以前はいちいち腹を立てたものだが、近頃は諦《あきら》めていた。しかしやはり、胃の底に何かが溜《た》まっていくような、重苦しさを感じる。どうしてこんな思いをしながら、幸恵と暮らさなくてはいけなくなったのか。

　あれほど実家に寄りつかなかった幸恵が、急にこの家に顔を出すようになったのは、夫が亡くなってからだった。

「週に一度くらいは様子を見に行けって、兄さんに言われたのよ。自分は頻繁《ひんぱん》には来れないからって。だったら東京なんかに家建てなきゃ良かったのに」

　浩一は県立高校から都内の私立大学に進み、そのまま東京で就職し、結婚した。対して幸恵は地元の短大を卒業したのちに県内の外食チェーンに就職し、会社が借り上げたマンションで一人暮らしを始めた。恋人がいるようなことを言っていたので、いずれ結婚するだろうと思っていたら、三十半《なか》ばになって突然仕事を辞めた。

　聞くと入社して間もない頃から、上司と不倫《ふりん》関係にあったのだという。男の妻が職場に乗り込んできたことで同僚たちの知るところとなり、会社にいづらくなったらしかった。お父さんには言わないで、と悲痛な面持《おもも》ちで打ち明けられ、私はとまどうばかりだった。

男との関係を清算したあとは、隣町の介護事業所でヘルパーの仕事をしながら安アパートに暮らしていた。あんな事情で退職したことを気に病《や》んでいたのか、車で三十分の距離に住んでいながら、夫が生きているうちは、ほとんど訪ねてきたことがなかった。

最初は娘が会いに来てくれることを、それなりに嬉《うれ》しく思っていた。しかし幸恵は来るたびに今日は刺身が食べたいだの、すき焼きが食べたいだのと食事に注文をつけた。また、隣町まで車で幸恵の送り迎えをしないといけないのも負担だった。維持費がかかるからと、幸恵は会社を辞めた時に自分の車を手離していた。帰り道には、ついでにと頼まれて買い物の足に使われるのが常だった。言われるままにスーパーや薬局を回り、幸恵と別れると、いつもくたくたに疲れてしまった。

「そんなにしょっちゅう来てくれなくて大丈夫よ。あんたにはあんたの生活があるんだし、もう大分《だいぶ》、気持ちの方も落ち着いたから」

幸恵が訪ねてくるようになって数か月が過ぎた頃、私はついにそう切り出した。だが遠回しな言い方では単なる遠慮としか取られず、鷹揚《おうよう》に受け流されただけだった。

「実の娘に、遠慮なんかしないでよ。それにお母さんみたいな人が、一人でやっていけるはずないんだから」

幸恵はずっと専業主婦だった私を、世間知らずだと思っている節《ふし》があった。だから何かと私がすることに目を光らせて、干渉《かんしょう》したがった。毎月取り寄せていた健康食品を金の無駄だから止めろと言ったり、亮介の合格祝いに送ろうと買った万年筆を、今時そんなものを使う高校生はいないと返品させたりした。

結局、あの事故が起きたのも、そのせいだった。

幸恵をアパートに送る途中、県道の交差点で、私は信号が青になるのを待っていた。右折してくる車がスピードを緩《ゆる》める様子がないので、その一台が通り過ぎてからと思ったが、助手席の幸恵に「青よ。早く進んで」と急《せ》かされ、思わずアクセルを踏んでしまった。結果、突っ込んできた右折車を避けるために歩道に乗り上げ、電柱にぶつかった。歩行者がいなかったのが救いだった。

事故のあと、私は浩一から車の運転を止めるように言われた。そして、その状況で一人暮らしはさせられないからと、幸恵が一緒に暮らすことになったのだ。

「だから三回忌、やらないって、ちゃんと言わないと」

刺々《とげとげ》しい声に我に返る。気づくと、とっくに夕飯を食べ終えた幸恵が、こちらを睨《にら》んでいる。また昔のことを思い出して、ぼうっとしてしまっていた。取《と》り繕《つくろ》うように慌《あわ》てて返事をする。

「そうね。じゃあ浩一に今度、話しておくわ」

「早くした方がいいわよ。亮介が再来年は受験でしょう。そろそろ塾やなんかで忙しくなるし、面倒なことはしない方が、向こうもありがたいんだから」

そうだ。亮介は浩一と同じ大学を受けたいと言っていた。

やはりあんなことで、あの子の将来に傷をつけるわけにはいかない。ポケットの布の上から通帳を握り締め、強くそう思った。

三

最初に亮介から電話がかかってきたのは、先週のことだった。

「おばあちゃん？　俺、大変なことしちゃったかも」

酷《ひど》い雨の日の昼下がりだった。セールスか何かだと思って電話に出ると、泣きじゃくる声が聞こえてきて、私は泡を食った。

「どうしたの、いったい。亮ちゃんでしょ？　学校は？」

「急に飛び出してきて、停《と》まれなかったんだ」

試験期間で午前のテストを終え、学校から自転車で帰宅する途中だったという。引《ひ》き綱《づな》をつけていない犬が、路地から走り出てきたらしい。

「首輪が外れて、逃げてたみたいなんだ。チワワっていう小さい犬で、前輪では避けたけど、後輪で轢《ひ》いちゃって、凄《すご》い嫌な声で鳴いて。飼い主は茶髪の女の人だった。ちょうど追い駆けてきたとこで、大騒ぎで病院に連れてくからって、車持ってる彼氏呼んで。その彼氏っていうのが、うちの学校の出身で、翌日先輩から呼び出されたんだ。慰謝料《いしゃりょう》払えって言ってるって」

亮介は泣きながら、やっと説明してくれた。

「その犬は、死んでしまったの？」

「うん。見たわけじゃないけど、そう言われた」

「でも、そんな、犬くらいで慰謝料なんて大げさよ。大体、放したのは飼い主の責任でしょう」

「俺、傘差して自転車乗ってたから、法律違反になるんだって。警察に行ったら困るのはお前だって、先輩は言ってる」

二十万円払えば、それで全て済ませると言われたらしい。

幸恵が帰るまでには、まだ時間の余裕があった。

「お金は、亮ちゃんの口座に振り込めばいいの？」

「直接、その飼い主の人に送れって。今、口座番号を言うから」

早口で聞き取れず、何度も聞き返しながら、銀行名と支店名、口座名義と七桁《けた》の番号をメモした。雨合羽《あまがっぱ》を着込むと、慌てて銀行へ向かった。

幸恵にばれたら、絶対にあの子は警察に行けと言うだろう。

「自業自得。悪いことしたんだから、罪を償《つぐな》うのは当然よ」

そんなふうに容赦《ようしゃ》なく突き放すに決まっている。幸恵に知られるわけにはいかなかった。

銀行の窓口は、ずいぶん混雑していた。私の前に並んでいた、私よりいくらか年配の老年男性は、用件を済ませたあともカウンターの前からどかず、のろのろと老眼鏡《ろうがんきょう》を鞄《かばん》に仕舞っていた。その人を押しのけるように振込用紙と通帳を出した。

「こちら、振込先はお知り合いの方でしょうか」

「ええ、孫に誕生日のお祝い金を送るんです」

詳しく答えるのが面倒で、適当な嘘《うそ》をついた。窓口の女子行員は少し考えるような仕草のあと、そのまま処理をしてくれて、私は無事に二十万円を送金することができた。年金の口座とは別に、いくらかでも貯めておいて良かったと、心から思った。

年金の振込口座の通帳を幸恵が預かると言い出したのは、同居を始めて二か月が過ぎた頃だった。

「その方が、お母さんも安心でしょう」

当然といった顔で、右手を差し出す。

「どうしてよ。私の年金なんだから、私のお金じゃない」

さすがにこれには反論した。だが、幸恵は口の端を上げて無神経に言い放った。

「昨日のこと、忘れたの？　お母さん、台所の床におもらししたじゃない」

かっと頰《ほお》が熱くなった。

「こんなに早く自分の母親の下《しも》の世話をすることになるなんて、思わなかったわよ。ねえ、トイレに行けなくなるっていうのは、頭の方が駄目になってるってことなの。変なことにお金使って、食べるものを買えなくなるとか、病気になっても病院に行けないとか、困るでしょう。取り上げるわけじゃなくて、預かるだけ。必要なお金は、ちゃんと下ろして渡すんだから」

米を研《と》ぎながら明日の献立《こんだて》のことなどを考えていて、気づいたら股のところが温かくなっていた。ふくらはぎを伝う感触に鳥肌が立った。慌ててズボンと下着を脱いで洗ったが、キッチンマットを洗おうとしたところで、幸恵が帰ってきてしまった。

自分でも、どうしてそんなことになったのか分からない。初めてのことで、動揺していた。この先どうなってしまうのだろうと、ただ心細く、幸恵の機嫌を損《そこ》ねてはいけないと思って、通帳を渡した。

　確かに幸恵は、きちんと欲しいと言った金額を渡してくれる。

　だが、私はもう、一人で暮らせる大人とは扱《あつか》われなかった。車を取り上げられて、気の合わない娘との同居を強いられて。自分で自分が情けなくて、だからこそ、亮介に頼ってもらえることが嬉しかった。

　あれから一週間も経たずに、また金を要求されていると言われた時は目の前が暗くなった。だがもう一度、私の手で亮介を助けられるのだと思うと、不思議と満ち足りた心地《ここち》がした。

　食器がぶつかる音で我に返る。夕飯の洗い物をしながら、また考えごとをしていたようだ。片づけも手伝わず、幸恵は缶ビールを片手にテレビを観ていた。口元にうつろな笑いを浮かべた横顔を睨み、今に見ていなさい、と心の中で啖呵《たんか》を切った。

　だらしない幸恵は、洗濯もすべて私に任せていた。一昨日《おととい》、ズボンのポケットから出てきたしわくちゃのレシート。それで私は、ずっと幸恵に騙《だま》されていたことを知ったのだ。

　あのことを浩一に言えば、きっと幸恵との同居を解消できる。もしかしたら浩一は、東京に出てきて一緒に暮らそうと言ってくれるかもしれない。そうすれば毎日、亮介の世話をして暮らせるのだ。

忌々《いまいま》しい犬の問題が解決したら、私はすぐにでもその計画を実行に移すつもりだった。魚の皮の焦《こ》げついた鍋を擦《こす》りながら、可愛《かわい》い孫と息子のそばに行ける日を思った。

四

翌日、亮介から電話があったのは、午後一時のことだった。平日なのに、学校はどうしたのかと尋ねそうになったが、こんな事態だ。きっと理由をつけて休んだのだろう。

「今度は、五十万円払えって言われてるんだ」

「そんな、どうして」

倍以上に膨《ふく》らんだ金額に、驚きの声を上げた。

「飼い主の女の人が、自分のせいで犬を死なせたって、うつ病になったらしくて。病院に行って薬をもらってて、仕事もずっと休んでるんだって。いつ治るかも分からないって」

やっとそれだけ言うと、亮介はまた子供のように泣き出した。

「おばあちゃん知らないだろうけど、今、五十万とか振り込もうとすると、振り込め詐欺《さぎ》だと思われて、警察呼ばれちゃうんだ。だから今度は、先輩に直接受け取りに行ってもらうことにした。もうそっちに向かってるから」

泣きながらも、私が困らないようにしっかり説明をしてくれる。

「分かった。じゃあ、お金を下ろして、その人に渡せばいいのね」

待ち合わせ場所と時間を聞くと、私は銀行へ向かうため、バス通りへと急いだ。しかし途中、信号待ちの際に確認のために通帳を開いてみて、愕然《がくぜん》とした。

夫の生命保険金――六百万円が振り込まれていた通帳が、ほとんど空《から》になっていた。

慌ててページをめくり、出金の欄をたどる。ちょうど半年前の日付から、一度に十万、二十万の金が、何度も引き出されている。引き出される金額は徐々《じょじょ》に大きくなっていき、最後に引き出されたのは一か月前。九十万円が出金され、残高はたったの数千円になっていた。

――幸恵だ。

そのことはすぐに分かった。あの子の秘密を知ってから、早く問い詰めなければと思っていた。だが――。

まさかここまでのことをされているとは思わなかった。

私は握り締めていた通帳を乱暴にバッグに突っ込むと、通りかかったタクシーを止めた。幸恵の職場ではなく、郊外のある場所の名を告げる。運転手はミラー越しににやりと笑うと、「おばあちゃん、年金暮らしなんだから、ほどほどにしなよ」と失礼なことを言った。私じゃないわよ、と思わず怒鳴りつけそうになったが、くだらぬことでいざこざを起こしている場合ではないと我慢する。

二十分ほど走って、運転手は車を歩道に寄せた。急いで料金を払って降りる。広い駐車場には、まばらに車が停まっていた。土日は混み合っているのだろうが、平日はこんなものなのか。私の黒い軽自動車は、すぐに見つかった。事故を起こした時に凹《へこ》んだ傷がそのままで、みっともない。自分で乗るなら直せばいいのにと、また腹が立った。

自動ドアが開くと頭が痛くなるような騒々しさが耳を打った。煙草の匂いに顔をしかめながら、小さな椅子《いす》の並んだ狭い通路を大股で歩く。淀《よど》んだ目で台を睨む男たちの向こうに、見覚えのあるみすぼらしいコートをひざ掛けのようにして座っている姿を見つけた。液晶画面の点滅に反射して、生《は》え際《ぎわ》の白髪《しらが》がきらきらと光っている。

「あんた、いつからこんなことしてるのよ」

耳元に口を寄せて言うと、幸恵は蒼白《そうはく》になって振り向いた。

「仕事に行くって出てって、一日中ここにいたってわけ。人のお金で、何をしてるの」

無言のまま、しかしパチンコ玉を打ち出すハンドルからは手を離さず、表情を無くしている。強く結んでいた唇を諦めたように開くと、やっと「どうして」とつぶやいた。

「分かるわよ。あんなに煙草の匂いをさせて、しかもここの景品のレシート、ポケットに入れっぱなしだったわよ。仕事しているはずの時間のね。こんなものが、楽しいの。いい大人のくせに馬鹿みたい」

プラスチックの台を強く叩くと、黒い制服を着た店員が飛んできた。

「あんたは昔からそう。自分のことを棚に上げて、人を責めるばかりで。私が浩一をひいきしてるって、よく怒ってたけど、当然じゃない。あんたより浩一の方が可愛くて、出来が良くて、大事だもの」

そこまで言うつもりはなかったが、止まらなかった。店員に腕を摑《つか》まれたのを、身をよじって振りほどく。

「すぐ帰るわよ。あんたが何をしようが、どうでもいい。あんたに用はないの。車の鍵を、取りに来ただけなんだから」

幸恵はとまどいの表情を浮かべたが、私が右手を突き出すと、大人しくポケットのキーホルダーを取り出した。台を叩くのは困るんですが、とすごむ店員を無視して、店の外に飛び出した。そうだ。幸恵なんかに構っている暇はない。今はとにかく大切な孫を、亮介を助けなくてはいけないのだ。

「犬の命なんかより、亮ちゃんの将来の方がずっと大事でしょうに。自転車で轢いたくらい、なんだって言うのよ」

亮介が最初に電話をかけてきた時、私はそう言って励《はげ》ました。優しい亮介は、小さな犬を死なせてしまったことを、心から悔《く》いていた。

「おばあちゃんが子供の時は、そんなじゃなかった。みんな、犬より人間が大事だって、ちゃんと分かっていたんだから」

駐車場のアスファルトを蹴飛《けと》ばすように歩きながら、私は幼い頃のことを思った。道だって、こんなふうに舗装《ほそう》されていなかった。私は茨城の貧しい農家の長女で、家には三匹の犬がいた。どの子も家畜の番犬だったり、猟犬だったりと、人の役に立つ犬だった。

確か、私が十歳の時だった。飼っていた犬のうち、一番年寄りの、白い大きな雌犬《めすいぬ》のお腹が膨らんでいった。やがて、五匹の仔犬《こいぬ》が生まれた。白いのが二匹と、茶色に薄い黒のまだら模様が三匹と。近所をうろついていた野良犬《のらいぬ》と同じ毛の色だった。

「捨てるんでは駄目だ。殺して埋《う》めないと」

父は犬が好きな人だった。だが家で飼うのは三匹までだと決めていた。

「山に捨てれば、カラスに突《つつ》かれたり、狐《きつね》に食われて苦しんで死ぬんだ」

余計に生まれた仔を始末するのは、兄弟の一番上の役目と決まっていた。兄が十五歳で東京に働きに出て、それは私の仕事になった。

木箱の中で鼻を鳴らす仔犬たちを抱えて、明け方に畑の裏の山に登った。誰にも見られたくなかった。湿っぽい匂いがする、薄暗い細い山道を、積み重なった落ち葉に足を取られながら奥へと歩いた。

やがて沢に出て、藤袴《ふじばかま》の咲く水辺《みずべ》で木箱を沈めた。浮いてこないように、手の中でうごめく柔《やわ》らかな背を、必死で押さえつけた。

今だって、大事なものと、そうでないものの区別はつけられる。

私は何をすべきか自分で判断できる、大人なのだ。

待ち合わせ場所は、国道沿いの閉店した眼鏡屋《めがねや》の駐車場だ。ここからなら五分もかからない。

久しぶりだが、きちんとエンジンはかかった。右がアクセルで左がブレーキ。ちゃんと覚えている。ウインカーのつけ方も分かる。ゆっくり、慎重に駐車場から車を出すと、ハンドルを握り締め、アクセルを踏み込んだ。

五

待ち合わせ場所の駐車場は、ずっと使われていないせいか、アスファルトが割れてところどころに雑草が生えていた。車は一台も停まっておらず、入り口のところに原付バイクにまたがって携帯電話をいじっている男が一人いるだけだった。背が低い小太りの体型で、ジャージの上にダウンを着込んで、寒そうに背中を丸めている。

口元に髭《ひげ》を生やしたその男は、近づいてみるといくらか幼い顔つきをしていた。これが亮介の先輩なのだろうか。しかし、どう見ても高校生とは思えなかった。それにあんな小さなバイクで、東京からここまでやってきたのだろうか。

まずは相手を確かめてからにしようと、私は運転席の窓越しに男を一睨みしたあと、そのまま駐車場の奥へと車を進めた。男はこちらを見たあと、慌てたようにどこかに電話をかけ始めた。ウインカーを出し、外壁のあちこちがひび割れた眼鏡屋の建物の裏へ車を入れた。

一番奥の、壁のぎりぎりまで行ってからハンドルを右に切ってバックする。アクセルを踏みすぎたようで、がくんと上体が倒れた。慌てて足を離し、ブレーキを踏む。ハンドルに肘《ひじ》を突いて、ゆっくり深呼吸をした。それから少し落ち着いてハンドルを左に切り、ギアをドライブに入れて進んだ。やっぱり久しぶりの運転だからか、方向転換をするだけでも一苦労だ。

でも、やっとまた車に乗れるようになったのだ。懐かしい思いでダッシュボードの傷を撫《な》でる。幸恵があんな指図をしなければ、事故を起こすこともなかったのに。本当に、面倒ばかりかけるんだから。

だけど、あの子にも可哀想《かわいそう》なことをしたかもしれない。

私は先ほど目にした、幸恵の怯《おび》えた顔を思い出していた。私が浩一ばかりを可愛がって褒《ほ》めたから、ああいう意固地《いこじ》な性格に育ってしまった。おそらく幸恵は私に振り向いて欲しくて、わざと反抗的な態度を取っていたのだ。私はそのことに気づいていながら、やっぱりどうしても浩一の方が大事で、幸恵を認め、愛情を示すことができなかった。幸恵が人を責めるのは、自分に自信がないせいなのだ。

このまま幸恵を捨てて、浩一と暮らすことを選んでいいものだろうか。幸恵が仕事もせず、親の年金や生命保険金まで使い込んでパチンコに通い詰めていたと浩一が知れば、きっと同居は解消となるだろう。それを望んでいたはずなのに、今になって迷う気持ちがあった。

フロントガラスの向こうに何か動くものの影が見えて、考えが途切れる。ちょうど正面、五十メートルほど先に、不恰好《ぶかっこう》に走ってくるジャージ姿の男が見えた。車のあとを追ってきたのだ。どうやらあれが待ち合わせ相手と見て間違いないようだ。

アクセルを踏み込む。聞いたことのないような大きなエンジン音がして、ヒステリックにわめく幸恵の顔が心に浮かんだ。

男は最初、面食らったように立ち尽くしていた。それからようやく、事態を理解した様子で方向転換をして走り出した。その時には、男との距離は三十メートルくらいに縮んでいた。

男がよろけたように右側に向きを変えたので、心もちハンドルを右に切る。肩にずいぶん力が入っているのが分かった。少し上下に動かしてやって、ハンドルを握り直す。

男の体が真正面になるように、上手く捉《とら》えることができた。アクセルから一旦《いったん》足を離し、すぐに強く踏み込む。車はさらに加速して、一気に距離を縮めた。あ、と思った時には男の尻の辺りにぶつかり、撥《は》ね飛《と》ばしていた。

フロントガラスにぶつかって割れることが心配だったが、車の高さがちょうど良かったのか、男は真っ直ぐ前に飛んだ。畳二畳ほど飛んでアスファルトにうつ伏せに落ちたあと、うつ伏せのまま一回弾《はず》んでさらに半畳飛び、動かなくなった。

素早く男の横に車を停める。車を降りると、後部座席のドアを開けた。男の体は妙にぐにゃぐにゃしていて、抱えづらかった。ジャージのズボンのゴムのところを持って、車の近くまで引きずったあと、先に両足を抱えて車に半分ほど乗せる。それから男の上体を起こし、腰を入れて背中を押した。男はでんぐり返しをするように、後部座席の足元に顔をうずめ、尻を高く上げたおかしな恰好で車に乗った。

運転席に再び戻る。かすかなうめき声が聞こえたので、念のためにドアをロックした。

故郷の山を思いながら、私は車通りのない国道を一直線に進んだ。鼻歌を歌いながら、どこまでも行ける気がした。

六

それから三日が経った。

毎朝注意深く新聞の社会面を読み、ニュースを見ていたが、死体が発見されたという話はなかった。

どうしてかあれ以来、亮介からの連絡がない。だが、こちらから電話して浩一に事態を知られてしまっては、私がしたことの意味が無くなる。

もう何も心配要らない。大丈夫だと、そのことだけ伝えたかったが、私は慎重に連絡を待った。

あの日から、幸恵は私と顔を合わせようとしない。よほど決まりが悪かったのだろう。夜中に一度こそこそと隠れるように荷物を取りに戻って出て行ったきり、どこか友達の家にでも泊まり続けているようだ。

今後どうするか、結論を急いでいるわけでもない。幸恵が戻ってから話し合って決めればいいのだ。久々の一人暮らしに、私は毎日外食をしたり、車で日帰り温泉に行ったりと、のびのびと羽を伸ばしていた。

しかし、この四日目の夜、不意の来客があった。警察だと言われ、緊張しながら玄関に出た。近所の交番の顔見知りの警官と、スーツを着た若い男とが立っていた。若い男は県警の第二課の刑事だと名乗った。

「この介護士の女は、いつまでこちらに？」

スーツ姿の若い刑事が、幸恵の写真を見せて尋ねる。履歴書《りれきしょ》の写真を引き伸ばしたような、少しぼやけた写真だった。

「幸恵は何日か前に、私の年金を使ってパチンコをしていたことを責めたら、帰ってこなくなりまして。多分お友達の家にいると思うんですが」

あれから金に困って、何か問題でも起こしたのだろうか。不安な思いで警官の方を見ると、なぜか気の毒そうな顔で制帽の縁《ふち》をつまんでいる。

「いや、おばあちゃん、写真よく見てよ。幸恵さんは半年前に事故で亡くなったでしょ」

言われるままにもう一度、写真をよく見る。しかし、幸恵は幸恵だった。

「認知症を患っておられる高齢者を騙して、家族のふりをして一緒に暮らすのがこの女の手なんですよ。幸恵さんと同じ介護施設で働いていて、それであなたのことを知ったらしいんですが」

そう言って刑事が告げた名前は、いつだったか幸恵が話していた、借金まみれの職場の後輩の名だった。警官が内緒話をするように、刑事の方を向いて口元を隠す。

「このおばあちゃんね、自分が運転する車で事故起こして、その時助手席の娘さんが亡くなっちゃって。一人暮らしなんで、心配して息子さんが介護ヘルパーを頼んだらしいんですよ。事故のあと急に、物忘れや思い違いが酷くなってきたっていうんで。相手が娘さんの同僚だったもんで、すっかり信用してたんでしょうね。鍵まで渡してあったそうで」

刑事は頷くと、子供を諭すような穏やかな口調で言った。

「おばあちゃん、この写真の女、名前を変えて色んなところで同じような詐欺をやってる女なんですよ。ちょっと家に入れてもらっていいですか。女の遺留品《いりゅうひん》がないか、調べたいので」

私はぼんやりと、あのジャージ姿の小太りの男のことを思い出していた。車に乗せて山にでも捨てに行こうと思ったが、まだ息があったので、水に沈めて楽にしてやったのだ。子供の頃、仔犬を始末したように、柔らかな背中を、力いっぱい押さえつけて。

あのあと、私はそれをどうしただろう。その辺りがどうしても思い出せない。

うちの風呂場にそのままにしてあったのなら、死体が見つかったはずもない。警官たちを家に入れていいものか、私は迷うばかりだった。

ひずんだ鏡

一

「お姉ちゃん、どうしてこんな高いお肉買うの」

隣で食品を袋に詰めていた結奈《ゆな》が、大きな声を上げた。

「いいじゃない。私が払うんだから」

私の声は反対に小さくなる。レジを打つ店員が、備えつけのポリ袋をガラガラと引き出す結奈を睨《にら》んでいた。いつものように、片手に牛肉のパックを持ったまま、空《あ》いている手に器用に巻きつけていく。食品の保存袋や使い捨て手袋の代わりにちょうどいいのだと結奈は言うが、そんなに必要なものだろうか。

「あなたの彼だって来るのに、変なもの出せないでしょう」

月に二度、私のマンションで一緒に食事をするのは、三年前に結奈が上京した頃から続いている習慣だった。先に群馬の実家を出ていた私に、結奈を心配した母が、時々は様子を見てやって欲しいと頼んだのだ。

「あんなのに気をつかうことないよ。どうせ味なんか分かんないんだから」

結奈の恋人は、自身が立ち上げた小劇団で脚本家兼舞台監督をしているらしい。居酒屋のアルバイトで得た収入の大半を運営費に注《つ》ぎ込んでいると自嘲《じちょう》気味に――だがどこか誇らしげに語っていた。半年前に紹介された時、私の二歳下と聞いたので、もうすぐ三十歳になるはずだった。

「私もお姉ちゃんみたいに、サラリーマンの彼が欲しいよ。システムコンサルタントなんて、よく知らないけど給料も高いんでしょ。和也《かずや》とは結婚とか、絶対考えられないもん」

苦笑いを浮かべながら、喉《のど》が詰まったように言葉が出なくなる。

結婚は、考えられない。

そう告げられて恋人と別れたのは、二か月前のことだ。

中途採用だった彼が入社して間もなく付き合い始め、五年目の記念日に私から結婚したいと切り出したが、受け入れてはもらえなかった。

「私の彼なんか、ただのおじさんだもの。和也さんみたいにかっこよくないし、結奈には普通すぎてつまんないでしょう」

結奈にはまだ、伝えていなかった。

口の奥に湧《わ》く苦みを飲み込んで、今はいない恋人のことを謙遜《けんそん》してみせる。

実際、結奈は最初の頃、まったく彼を評価していなかった。

「覚えてるよ、この人と付き合ってるって、彼の写真見せた時のこと。結奈、あの時凄《すご》くつまらなそうな顔で聞いてきたよね」

《——で、この人、なんの車乗ってんの？》

結奈は顔を赤くしながら、あの頃はまだ若かったの、と口を尖《とが》らせて言った。

当時、結奈は高校を卒業したもののアルバイトもせず、実家に暮らしながら暴走族のような仲間と遊んでいた。結奈にとって、男の価値は乗っている車で決まるものだったのだろう。恋人が車を持っていないことを話すと、その人、やばいんじゃないのと気の毒そうに眉《まゆ》をひそめた。しかし、しばらくして彼がスカイツリーの見える高層マンションに引っ越したことを伝えると、やっぱり東京の人は稼《かせ》ぎが違う、としきりに感心していた。

結奈が東京へ出てきたのは、その翌年のことだ。いずれ結婚すると聞かされていたガソリンスタンドの店長とは、あっさり別れてきたらしい。

人材派遣会社で働いていると親には言っていたが、実際の就職先は中野《なかの》のキャバクラだった。親に言えないような仕事はやめた方がいいと必死で説得した結果、テレフォンオペレーター、消費者金融の事務、ショップ店員を経《へ》て、今はライブハウスのスタッフと歯科受付のアルバイトを掛け持ちしている。その間、結奈の恋人はネットカフェ店員、専門学校生、路上ミュージシャンと目まぐるしく入れ替わり、働き先と付き合う相手が替わるたび、収入は下降していった。

最近では、アパートの更新料が払えないからと、私に借金を申し込んできたこともある。十五万円は出せない額ではなかったが、一度許したら二度目、三度目と頼られることになりそうで断った。結局、和也の両親に泣きついて払ってもらったそうで、キャバクラ嬢を続けていれば彼のお母さんに嫌味を言われることもなかったと恨《うら》み言《ごと》を言われた。

「だけど、やっぱりあたしや和也とは生活の次元が違うって感じ。うちじゃ百グラム百円以上の肉って、ほとんど食べないし」

「量は少しだけだから、そんなに高くもないでしょ。私はお肉は食べないから、結奈と和也さんで食べたらいいのよ」

なおも値段シールを見つめている結奈にそう言うと、眉を吊《つ》り上げてこちらを向いた。

「まさか、またダイエットしてるの？　お姉ちゃん、全然太ってないって、何度言っても聞かないよね。その体型なら瘦《や》せる必要なんかないんだよ。和也も言ってたよ。『香奈《かな》さんくらいの体型が女性らしくて一番きれいだ』って」

叱《しか》るような口調に思わずうつむく。スウェット地のワンピースから、まるで子供みたいに真《ま》っ直《す》ぐで細い、結奈の足が伸びている。見せつけられているような気がして、目を逸《そ》らした。

恋人と別れたことを言えずにいるのは、私が結奈より優位にあるのが、唯一《ゆいいつ》その点だけだったからだ。

もっとも結奈には、私と張り合っているつもりはないだろう。子供の頃から、何かと妹と自分とを比べたがったのは私だった。共働きの両親の間に生まれた、二人だけの姉妹。忙しい親たちの目を自分に向けさせるために、結奈よりも価値があるのは私だと訴え続けた。

運動は結奈の方が得意だけど、学校の勉強は私の方ができるよ。友達の数は結奈の方が多いけど、私の方がたくさん本を読んでるでしょう。だけど両親は、運動会のリレーでアンカーを務める結奈を応援するために、二人で合わせて休みを取った。結奈がよくやる学校の先生の物真似《ものまね》は笑っていたのに、私が冗談《じょうだん》交じりに先生の悪口を言った時は、そういうことを言うものじゃないと冷たい声でたしなめた。

どうして結奈の方が大切にされるのか。私のどこが、結奈と違うのか。

幼い頃は分からなかったが、いずれ理解できる時がきた。同じ親から生まれ、同じように育っていながら、私は外見の面で大きく結奈に劣《おと》っていた——太っていたのだ。

《香奈は結奈に比べっと肥《こ》えとるのぉ》

祖父は田舎《いなか》の老人らしく、遠慮ない口調で言った。そんなことない、と祖母は庇《かば》ってくれたが、結奈の隣に並んでみれば、違いははっきりしていた。結奈の方が可愛《かわい》い。だから結奈の方が尊重《そんちょう》される。

理不尽《りふじん》で残酷《ざんこく》だが、子供にも飲み込める事実だった。以来、私は劣等感《れっとうかん》をもって結奈に向き合うようになった。思春期になって胸が大きくなるにつれて、腕や太ももや下腹部にまで肉がついてくると、それはますます膨《ふく》らんでいった。

中学に入って陸上を始めた結奈は、男の子のような体つきのままだった。運動部の合同合宿がきっかけで、サッカー部の三年生と付き合い始めた。私の憧《あこが》れの人だった。

私はそれから、ほとんど食事を摂《と》らなくなったらしい。その頃のことはあまり覚えていないが、ベッドから起き上がれなくなり、母が無理やり入院させたのだという。退院後は抗不安薬を飲みながら月に一度心療内科に通い、高校生になる頃には体重は元に戻った。止まっていた月経も再開した。

専門医のカウンセリングのおかげで、私はありのままの自分を見つめ、結奈との違いを受け入れられるようになった。東京の大学に進学し、家族と距離を置くようになったことも良かったようだ。就職活動を始める頃には、通院も必要ないでしょうと言われた。

今はもう極端な減量をしようとは思わないが、年齢とともに崩れてきた体型が気にならないわけではない。十代からほとんど体型が変わっていない結奈には、分からないのだろう。あの頃のみじめな気持ちが頭をもたげそうになる。

「夏バテが残っているだけよ。ほら、もうすぐ約束の時間でしょ」

買い物かごに残っていた春菊《しゅんぎく》を袋に詰めると、ポリ袋をパーカーのポケットに押し込んでいる結奈を促《うなが》す。自動ドアが開くと、まだ昼間の蒸し暑さの余韻《よいん》を残した空気がまとわりついてきた。

駅前のスーパーを出て、マンションまでは歩いて五分ほどだった。エントランスの前に、所在なくスマートフォンをいじっている猫背《ねこぜ》の男の姿が見えた。

「すいません、思ったより、早く着いちゃって」

私たちを認めると、顎《あご》を突き出すようにして会釈《えしゃく》する。

「結奈から聞いてたけど、凄いマンションっすね。俺の知り合いじゃ、こんなとこ住んでる奴なんか一人もいないですよ。あれ、生体認証ってやつでしょ」

自動ドアの向こうの、モニター付きのインターホンを指差して目を剝《む》き、大げさに驚いた顔になる。役者が足りないと自身も舞台に上がることがあるという和也の仕草は、どことなくわざとらしい。

「建物は古いんだけど、セキュリティだけはしっかりしてるの。私が入居する前の年に、近所で何件か空き巣があって、リフォームしたんだって。一応、女の一人暮らしだしね」

入社二年目で寮を出る時に、心配性の先輩から防犯対策について散々忠告されて選んだマンションだった。やはり効果があるのだろう。もう十年近く住んでいるが、侵入事件があったという話は聞かない。

モニターに顔を近づけ、認証キーをタッチする。その様子を興味深そうに眺めていた和也が「すみません、気がつかなくて」と慌《あわ》てて買い物袋に手を伸ばす。一番上に載った春菊を見ると、ますます済まなそうな顔になった。

「結奈が、なんでも食べたいものリクエストしろって言ったもんで――」

「いいのよ。すき焼き、材料切るだけだから簡単だし。でも、九月に入ってからもこんなに暑いなんて思わなかった」

エレベーターを五階で降りると、部屋のドアの前で同じようにロックを解除する。最初の頃は面倒に感じたが、慣れてしまえば鍵を失《な》くす心配が要《い》らないのは便利だった。

「狭いけど、どうぞ入って」

スリッパを出して案内する。リビングの空気を入れ替えてからエアコンをつけた。ソファーに座った和也が落ち着かなさそうに部屋を見回している間に、冷蔵庫に入れてあった冷やしトマト、きのこのオイルマリネと人参《にんじん》のラペサラダを手早くテーブルに並べる。冷凍室で冷やしておいたグラスを出してくると、まずはビールで乾杯した。

「香奈さん、料理上手いんですね。彼氏が羨《うらや》ましいっすよ」

よほど空腹だったのか、和也は忙しく箸《はし》を動かし続けている。

「切って和《あ》えてあるだけだもの。料理なんてもんじゃないでしょ」

「いや、こういうシンプルなやつほど、腕が分かるっていうじゃないですか。結奈、お前、香奈さんに料理教えてもらえよ」

ただの人参サラダを大げさに褒《ほ》められ、居心地《いごこち》の悪さを感じながら結奈に目をやる。結奈は返事もせずに、トマトを口に運んでいた。

「材料切ってる間、適当にやっててちょうだい」

言いながら立ち上がる。その語尾が震えて、緊張している自分に気づいた。部屋に入ってから、一度も結奈と目を合わせていなかった。

今日、結奈を家に招いたのには、ある目的があった。気は進まなかったが、放置できない問題だった。

「あ、俺、何か手伝いましょうか」

「包丁もまな板も、一つしかないのよ」

和也の申し出を断って台所に向かいながら、さりげないふうを装ってファックス台の引き出しを開ける。自分の体で隠すようにして文具類の入ったケースの下から、薄緑色のポーチを取り出した。握《にぎ》り締《し》めたまま、少しだけ躊躇《ちゅうちょ》する。

息を吐いた。結奈のためにも、確かめなければならないと心を決める。

ポーチをエプロンのポケットに入れ、振り返ると、結奈が硬い表情でじっとこちらを見ていた。摑《つか》まれたように、胸が苦しくなった。また一つ、大きく息を吐き、呼吸を整える。

間違いない。やっぱり結奈がやったのだ。

しらたきを茹《ゆ》でるお湯を沸《わ》かす。焼《や》き豆腐《どうふ》を切って皿に並べ、その隣に十字に切り目を入れた椎茸《しいたけ》を添える。息苦しさをやり過ごすために、手を動かし続けた。

白菜《はくさい》の葉をはがしながら、どうやって結奈に切り出そうかと考えていた。

――ねえ、結奈。ここに入れてあったお金、盗《と》ったでしょう。

二

ポーチの中の残金が減っていることに気づいたのは、お盆休みの翌週のことだった。

結奈と休みを合わせて実家に帰り、東京に戻ったその晩に私のマンションで、母が持たせてくれたうどんを茹でて食べた。その翌日の月曜の朝、会社帰りにスーパーに寄るつもりでポーチから食費を出そうとしたところで、おかしいと感じた。七月末に十万円を下ろしたが、帰省していたこともあって、まだそれほど使っていないはずだった。

窓の鍵を閉め忘れたこともない。ドアからはもちろん入れない。私以外でこの部屋に入ったのは、結奈だけなのだ。

「結奈がやったのなら、正直に言って」

すでに深夜を過ぎていた。結局何も言い出せないまま、結奈と和也を送り出したあと、一時間ほどしてインターホンが鳴った。モニターを覗《のぞ》くと結奈が一人でいる。和也が忘れていった携帯灰皿を取りに戻ったのだという。部屋に上げて、大事な話があると前置きして床の上に薄緑のポーチを置いた。

「いや、盗ってないし」

結奈は即答した。疑われたことを怒っている様子もなく、あっけらかんと笑っている。

「貯金箱からお金盗んだのは高校までだよ。大人になってからそれはないって。自分で使っちゃって、勘違いしてるんじゃない？　それか、本当に泥棒かも」

「ポーチに入れてあった通帳もカードもそのままで、お金だけがなくなってるの。七月に下ろした生活費十万円のうち五万円。勘違いするような額じゃないし、オートロックの生体認証キーだもの。泥棒なんか入るはずないのよ」

ポーチから生活費を持ち出すことができたのは、結奈しかいない。そして結奈なら、私から奪うことに躊躇はなかっただろう。昔から、何度となく家族の財布や貯金箱から遊ぶ金を盗んでいた。ばれても不貞腐《ふてくさ》れたり、居直ったりで反省せず、結局また同じことを繰り返していた。

何より今、結奈がこうしてここにいることが不自然なのだ。和也の忘れ物――しかも携帯灰皿のような他愛《たわい》のないものを、わざわざ取りに来るだろうか。一人だけで、こんな遅い時間にやってきたのは、私に疑われていることに気づいて、釈明するためではないのか。

「結奈がやったとしか、考えられない」

そう告げて、真っ直ぐに結奈の目を見た。

「お姉ちゃんの彼じゃないの？」

結奈は目を逸らすことなく見返してきた。まるで頭になかった可能性を指摘されて、一瞬言葉に詰まる。

「あなた以外は部屋に入ってないって言ったでしょう。仕事が忙しかったから、しばらく会えてないのよ」

「え、じゃあ一か月も会ってないってこと？　いくら忙しいって言っても、変だよ」

「うるさい！」

変な方向に話が行きそうになって、苛々《いらいら》と髪を掻《か》き上げた。結奈の目に一瞬、不安そうな色が浮かんだ。

「大体、あの人が私からお金を盗むはずないじゃない。結奈と違って、彼はお金に困ってないんだから。ねえ、ちゃんと話して。ママに言ったりしないし、返してくれればいいの。高校の時だって、それで済ませてあげたでしょう」

結奈は居心地悪そうに、膝《ひざ》の上で指を組んだり外したりしていた。都合が悪くなると何も話さなくなるのが、昔からの癖だった。大人になっても、この子はちっとも変わっていないのだ。

それ以上言う気も失《う》せて、ため息をついた時、結奈が顔を上げて口を開いた。

「——香奈ちゃん、またやってるよね」

真剣な顔で、睨むようにこちらを見ている。なんのことを言われているのか分からず、呆気《あっけ》にとられていると、結奈は身を乗り出して私の肩を摑んだ。

「テーブルの上のこれ——全部香奈ちゃんが食べたんでしょう。私たちが帰ったあとすぐ、香奈ちゃんマンションから出てきたじゃない。そのままスーパーに入っていくのが見えたから、心配になって来てみたんだよ」

結奈は子供の時のように私を名前で呼んで、ゆっくりと腕をさすった。

テーブルに目をやる。そして初めて、それらがそこにあるのに気づいた。

スタミナ弁当と焼きそばの空き容器。汁だけが残ったカップ麺。サンドイッチを包んでいたらしいマヨネーズで汚れた透明フィルム。板チョコの銀紙の破れたのと、小さく丸めてあるのと。スナック菓子の袋と菓子パンの袋がそれぞれ二枚。どれもきれいに空《から》っぽだが、プラスチックのトレイの上には乾いた巻き寿司が一つ載っている。

「香奈ちゃん、ダイエットしちゃいけないって、前に病院で言われたでしょ。痩せる必要なんかないのに、食べるの我慢して、それでお腹空《す》かして無意識に食べちゃうんだよね。病気なんだよ。こんなに食べたこと、忘れちゃうんだもの。よく見て。これだけの食べ物買うのに、いくらかかると思う？　こんなことしてたら、気づかないうちに五万くらい、なくなって当たり前だよ」

胸が、胃が、重苦しくて、体を起こしていられなかった。結奈に寄り掛かるように体を預ける。細いけれど柔らかい腕が背中に回された。息を吐くと、上擦《うわず》った声がもれた。

「ママも心配してた。お盆に帰った時、香奈ちゃんがあまり食べなかったから。中学の時と同じかもしれないって。あの時も、晩ご飯全然食べなくて、夜になると冷蔵庫のもの出して凄い量食べてた。でも香奈ちゃんは全然覚えてなくて、あたし、怖かったよ」

中学の時。結奈が先輩と付き合っていることを知って、私が太っているから選ばれなかったのだと、なんの根拠もなく思い込んだ。

また同じことを、繰り返していたのか。

太っているから、結婚してもらえなかった。そう思えば楽になれた。それ以外の理由を考えたくなくて、逃げたのだ。

「お姉ちゃん、なんかあったの」

背中を抱く腕に、力が籠《こ》もっていた。問《と》い質《ただ》すような、強い口調だった。

「聞くから、ちゃんと話して。何もなくて、こんなことにならないでしょう。辛《つら》いの、黙ってなくていいんだよ。我慢しないでいいんだよ」

話そうとしたけれど、うめき声にしかならなかった。結奈の薄い胸に額《ひたい》を押しつけて、子供のように泣いた。何も話していないのに、結奈は、うん、うんと相槌《あいづち》を打つ。それもだんだん泣き声に変わっていって、お互い言葉を交わしていないのに、気持ちだけが寄り添っているみたいだった。

「――今日は泊まっていくね」

化粧落としてくる、と、泣《な》き腫《は》らした顔を恥ずかしそうに背《そむ》けて、結奈が洗面所に立った。その背中に、恋人と別れたことを打ち明けた。

顔を洗ったあと、二人でテーブルの上のごみを片づける。

「こんな無茶な食べ方した人とは、思えないんですけど」

パッケージに貼られたシールや弁当の中の仕切りまで、プラスチックと燃えるごみを几《き》帳《ちょう》面《めん》に分ける私を結奈が笑った。言われてみて、確かにそうだと笑ってしまう。

部屋をきれいにし終えて、シングルベッドに並んで寝た。結奈の静かな寝息を聞きながら、私は思い出していた。

ついこの間にも、今日のようにたくさんの食べ物を買ってきて、食べたことがあった。お盆の前の週だった。その日は会社の飲み会があって、たくさんの美味《おい》しそうなものを目の前にしながら、食べるのを我慢していた。夜遅くに、ほとんど無意識のままスーパーに駆け込んだ。食べ終わって、片づけて、そうしてまた、記憶に蓋《ふた》をしていたのだ。

《なんでそこまで、きっちりごみ分けるかなあ》

だけどあの時、私は一人じゃなかった。店の前で偶然顔を合わせて、そのまま部屋に上がり込んできた――。

結奈以外に、この部屋に入った人間が、もう一人いた。

「すいませんね、この間は、口裏合わせてもらって。結奈にばれたら超キレるから。あいつ、あれで嫉妬《しっと》深いんすよ」

悪びれる様子もなく、薄ら笑いを浮かべながらジョッキに口をつける。

自宅の近くでは人目があるので、二年前に恋人と一度だけ来たことのある街のファミリーレストランを待ち合わせ場所にした。話が済んだらすぐに切り上げられるように昼間に呼び出したのだが、誘った私のおごりだと思っているのだろう。じゃあ申しわけないけれど遠慮なく、と面倒な前置きをして、和也は生ビールとハンバーグプレートを注文した。

この日もまた空腹だったのか、私が頼んだサラダがなくなるより早くハンバーグをたいらげ、つけあわせのポテトをつまみに二杯目のビールを飲んでいる。しばらくは天気の話や最近あったニュースの話、今人気の俳優と一緒に仕事をしたことがあるという話を一方的にしゃべっていたが、食べ物をあらかた片づけてしまうと、秘密の話をするように頭を低くして声をひそめた。

「部屋に上げてもらったたって言っても、一緒に飯食っただけだし。別に隠すようなことじゃないんですけどね。でも余計な火種を作るのも、お互い嫌じゃないですか」

手の甲で、ついてもいないビールの泡を拭《ぬぐ》う。することがいちいち安いドラマのようで、どうすればこんなふうに振る舞えるのかと興味深くさえあった。あの時も同じような思いで、テーブルの向かいで食事をする和也を眺めていたのだ。

「稽古場《けいこば》に借りてるスタジオは隣の駅なんすけど、あのスーパー、夜でも弁当の品揃《しなぞろ》えがいいんでたまに行くんですよ。あの辺に住んでるって聞いてたけど、まさか会うとは思ってなかったなあ。残業してた彼氏さんには悪いけど、おかげで一食助かりました」

一人分には多い弁当やパン、惣菜《そうざい》類を抱えてスーパーを出たところで、妹の恋人と鉢合わせし、私は酷《ひど》く動揺した。こんなところを見られるなんて。

狼狽《ろうばい》しながら、なぜ人に見られたくないことをしてしまうのかと、自分を責《せ》めた。みっともない。食べるものに困っている人もいるのに、最低だ。罪悪感に押《お》し潰《つぶ》されそうになりながら、どうにかしてそれから逃れたいと考えた。

そして私は和也を誘った。一緒に食べてもらえば、罪が薄まるような気がしたのだ。

彼の分も買ったのに、たった今、残業で帰れないってメールが来たの。

スマートフォンを片手に苦笑してみせた。私こそ、安いドラマみたいだった。

和也は何の抵抗《ていこう》もなく部屋についてきた。買ってきたもののパックを破いてテーブルに並べ、缶のままのビールを渡すと、餌《えさ》をもらった犬みたいに喜んだ。

食べながら、それが自分の仕事だというように、和也はしゃべりつづけた。最近の異常気象について。政治批判。表現の規制への憤《いきどお》りを、うつろな眼差《まなざ》しで語った。

中身のない話に相槌を打ちながら、中身のない食べ物を食べた。いくら食べても満腹にはならない。苦しくなったらトイレで吐いて、また食べればいいのだ。あの頃、いつもしていたように。

「俺もこう見えて、気をつかってるんですよ。結奈って香奈さんに、かなり対抗心あるでしょ」

和也の言葉に、回想が中断された。

頭の中で反芻《はんすう》する。結奈が、私に？　逆ではないのか。

「そういうふうには、見えないけど」

驚きを悟《さと》られないように、サラダに目を落としたままつぶやく。

「いや、あいつ俺といる時、しょっちゅう香奈さんの話してくるんすよ。お姉ちゃんとあたしと、どっちが――みたいな感じで。なんか子供の時から、香奈さんの方が勉強できて、きちんとしてて、いつも褒められるのは香奈さんだったとか言ってましたね」

確かに褒められはしたけれど、可愛がられたのは、愛されたのは、結奈の方ではないか。

「前に俺が香奈さんのこと色っぽいって褒めたら、一週間口きいてくんなかったですから。この間、料理褒めた時も機嫌《きげん》悪かったでしょ。他の女友達だとそんなことないし、やっぱ結奈の中で、香奈さんの存在は特別なんすよ」

言葉が出なかった。結奈がそんなことを思っていたなんて。ずっとそばにいながら、まったく気づいていなかった。ならば結奈はどんな気持ちで、私の恋人を褒めてくれたのだろう。

呆然《ぼうぜん》としている私に、和也はさらに驚くべきことを告げる。

「まあ、これからはそんな心配もなくなるのかな。ほら、結婚、決まったんで」

「——結婚って、結奈と？」

混乱しながら、ようやく尋《たず》ねた。他に誰と、と和也が笑う。

「結奈が、香奈さんには自分から話すって言ってたんで、もう聞いてると思ってました。恥ずかしい話なんですけど、子供ができちゃって。俺の母親厳しいんで、二人で散々怒られましたよ——その仕返しだと思うんだけど、結奈、酷いんすよ。中絶する金がなかったから結婚するしかなくなったって、俺の周りに言ってて。十五万あったら結婚なんかしなかったのにって。みんなウケてたけど、あんまりじゃないすか」

まるでのろけ話のように和也は頰《ほお》をゆるませていたが、私の顔は強張《こわば》っていたはずだ。

十五万――結奈が申し込んだ借金の額と同じだった。アパートの更新料を払うからと頼まれ、断った。それで和也の両親に泣きつくことになり、嫌味を言われたと。

「その、子供ができたって、いつ分かったの」

尋ねながら、さりげなくメールの履歴《りれき》を確認する。結奈の《お願いがあるんだけど》のメールは、七月の中旬の日付だった。

「七月の終わりくらいだったかな。そのあと群馬に里帰りするっていうんで、気をつけろって駅まで送ったんで」

ならば結奈が和也の周囲に言っていることは、冗談ではなくなる。結奈は私に、中絶の費用を借りようとしたのだ。それを断られて――。

「もちろん、俺はそれ聞いて、産めばいいって即答しましたよ。せっかく授《さず》かった命じゃないすか。堕《お》ろすなんてとんでもない」

自慢げに胸を張る和也を見て、胃液が込み上げてきた。

結果的には、結奈は中絶せずに産むことを選んだ。私に借金を断られたからといって、それ以上、金を借りる手段がなかったはずがない。選択肢がある中で、子供を産み、結婚することを決めたのだ。

だが、私が借金の申し出に応じていたら、結奈は産まなかったかもしれない。この男は、結奈の葛藤《かっとう》を知ることもなく、幸せにできると能天気に信じている。産み育てるための金も、稼げないのに。

胸の奥に渦巻《うずま》く激しい怒りを、冷《さ》めた頭で認識していた。他人がとやかく言うことではない。収入があれば幸せというものではないし、何より結奈が決めたことだ。

和也を非難することで、私は何から逃げようとしているのか。

必死で考えないようにする。これ以上、和也の顔を見ているのが苦痛だった。

こんな男に他人の金を奪うことができるとは思えなかったが、念のため、バッグの中からポーチを出し、見覚えがないかを尋ねる。

「携帯灰皿以外、何も忘れてなかったはずですけど。第一それ、女物じゃないすか」

きょとんとした顔で答えた。嘘《うそ》をついている様子はなかった。

「レシート、もらっちゃっていいですかね。結婚するのにいつまでもフラフラしてられないってことで、役者仲間とプロダクション起《た》ち上げたんですよ。がんがん売り込んで、ドラマとか映画の仕事、ばんばん受けてくつもりです。ま、軌道《きどう》に乗るまでは苦しいでしょうけどね」

こういうのも経費計上していけば、節税になるらしいんで、と、支払いは私にさせておいてレシートを摑んでいく。何か言う気も起きなかった。

店を出たところで和也と別れたあと、駅の裏側へ足を向けた。今、行かなければならない。覚悟を持って、歩を進める。

二年前に一度だけ、彼と歩いた路地。

小さな飲み屋がいくつかと、昔ながらの床屋《とこや》。やけに低いベンチが並んだコインランドリー。錆《さ》びたシャッターが降りたままの洋品店。昼営業をしているらしいカラオケスナックから、古い歌謡曲《かようきょく》をデュエットする声がかすかに聞こえていた。

かつて彼と見たはずのその風景に、私はまったく見覚えがなかった。ただ油染みたアスファルトの色だけが記憶に残っていて、私はあの日、ずっとうつむいて歩いていたのだと知った。

顔を上げる。蔦《つた》の絡《から》まった、暗い煉瓦の壁。二階建てのその建物。煤《すす》けた窓の向こうに、不釣り合いに清潔な白いカーテンが揺れている。

この産院で私は、彼との子を堕ろしたのだ。

四

万全《ばんぜん》とは言えない避妊は、彼の結婚の意志なのだと、都合の良い夢を見ていた。愚《おろ》かだった。そして取り返しのつかないことが起きて、私は、取り返しのつかない選択をした。

今は無理だ、という彼の言葉に、今ではなくいつか、産める日が来るのだと自分を納得させた。一人で産むことは、彼との関係を破綻《はたん》させることになる。お腹の中の命より、目の前の男を失わないことが大切だった。

後悔したのは手術の翌日、彼が私を見る目が変わったことに気づいた時だった。恐れるような、嫌悪《けんお》するような目。まるで私が、自分の罪そのものだとでもいうように、向き合うことを避けるようになった。なんて勝手なんだろうと腹が立ち、悲しかったが、もうどうすることもできなかった。

夜、眠れなくなった。突然涙があふれて止まらなくなる。誰かに打ち明けられたら、楽になれたかもしれない。だが誰にも言えなかった。中絶した女を軽蔑《けいべつ》しない女は、同じ経験のある女だけだろう。

《あなたが決断すれば産めたはず》《だらしない》《人殺し》——。

謗《そし》られることが怖くて、口をつぐみ、心が動かないように押さえつけた。

結奈は結婚する。堕ろさないと決めた子供は、やがて生まれてくるだろう。

私は堕胎《だたい》した。なり振り構わず結婚して欲しいと頼んだが、拒絶《きょぜつ》された。必要以上に食べることをやめられず、醜《みにく》く太り、自分が使った金を、盗まれたと騒ぎ立てた。

どう足掻《あが》いても、結奈と私の差を埋《う》められそうになかった。

スマートフォンの着信音で我に返る。

気づくと自分のマンションの部屋にいた。あの街からどうやって帰ってきたのか、覚えていない。テーブルの上には冷凍のグラタンと餃子《ギョーザ》の袋。カップ焼きそばの空き容器。乱暴に裂《さ》かれたおにぎりのフィルム。タコの唐揚《からあ》げが入っていたらしいトレイ。菓子パンの袋が二枚。床にはかじりかけの魚肉ソーセージがあった。一度は吐いたのだろう。これだけの量を食べたにしては、胃が苦しくなかった。

スマートフォンが鳴り続けている。画面には、結奈の名前が表示されていた。通話のボタンを押すと、怒鳴り声らしきものが聞こえる。ぼんやりした頭で、どうにか言っていることを聞き取ろうとした。

《今日は二人で何コソコソやってたのよ！》

経費計上するからと和也が持って帰ったレシートで、私と会っていたことがばれたらしい。

《私が、何も知らないと思ってるの？　お姉ちゃんなんて——》

最後まで聞かずに電源を切った。結奈が知っているはずはないのに怖かった。そのままスマートフォンを放り投げようとしたが、手が強張っていて上手く指を離せない。ごとりと鈍《にぶ》い音を立てて足元に落ちた。

怒られたくない。嫌われたくない。

膝に顔をうずめ、自分を抱きしめるように丸くなる。

許されない空想をした。小さな温かいものが、この腕の中にあったら。いい匂いがして、愛《いと》おしくて、私が手にすることができなかったもの。

それのいるところに行きたかった。

手を伸ばして、ファックス台の一番下の引き出しを開ける。もう必要ないと言われて、飲み残した抗不安薬。ずっと捨てずに持っていた。

リビングは掃除《そうじ》をする人が大変そうなので、浴室に移動した。

一錠一錠、数えながらビールで流し込んでいく。普段あまり飲まないので、すぐに酔いが回ってきた。天井がゆっくりと下がってくるように見える。息が苦しい。気持ち悪い。

だが、今は吐くわけにはいかない。

持っていたシートが空になる頃には、座っていることもできなかった。風呂場の床に体を横たえて、手で口を押さえる。またスマートフォンが鳴っている。電源を切ったはずなのに。そちらを見ようとしても、頭が重くて持ち上げられない。

こんなに寒いのに、前髪が額に汗で貼りついていた。怖くて目を見開いているが、そこにあるものが認識できない。ゆっくりと視界が狭く、暗くなっていった。

五

《本当に、馬鹿なことして、あんたは》

暗闇の中で、母の声がする。

《こんな体の結奈に無理させて。何かあったら、大変なことだったよ。和也さんも、ありがとうね》

何かで鼻の辺りを覆《おお》われているらしく、絶えずゴムのような匂いがしている。右肘《みぎひじ》の内側が鈍く痛む。

《あたしは救急車呼んだだけで、薬吐かせたりしたのは和也だから》

《いや、とにかく命が助かって良かったですよ。発見が早かったから――》

結奈と和也もこの場にいるようだ。会話の内容から、私は結奈と和也に助けられ、病院に運ばれたらしいと分かった。

《妊娠を軽く考えないで。安定期に入るまでは、気をつけないと》

母にとっては、私のような馬鹿な娘よりも、結奈のお腹の中で育つ命が大切なようだ。

失礼します、と若い女の声がした。手首に何かが触れたり、皮膚を引っ張られるような感覚があった。離れたところで、母と年配の男が声を低くして話している。《今はなんとも言えない》という言葉だけが聞き取れた。

看護師と医師らしい二人が出て行ったあと、母も結奈たちも言葉を発しなかった。見えなくても、重苦しい雰囲気が肌で伝わってくる。誰か貧乏《びんぼう》ゆすりをしているのか、細かく布の擦《こす》れる音がしていた。

《だけどあんたたち、どうやって香奈の部屋に入ったの?》

沈黙に堪《た》えかねたように、しゃべり出したのは母だった。

それは私も、さっきから気になっていた。マンションに管理人は常駐《じょうちゅう》していないし、私は浴室から動けなかった。インターホンが鳴っても、ロックを解除しに行けたはずがない。

《どうやってって——結奈が鍵開けるしかないじゃないですか》
和也の声は、いかにも当然のことを話しているような平坦《へいたん》な響きだった。
《じゃあ香奈から鍵を預かっていたってこと？》
《いや、あのマンションは鍵とかないんで——生体認証って、分かりますか》
母はおそらく首をかしげたのだろう。和也がどう説明しようか考えあぐねているように唸《うな》り声を上げる。
《——顔認証って言えばいいじゃん》
結奈の声だ。そうそう、と和也が相槌を打つ。
《あれ、最新のやつだと一卵性双生児でも見分けられるそうじゃないですか。古いやつで助かりましたよ。結奈と香奈さんくらい似てたら、大丈夫かもしれないですけど》
和也の言葉を聞きながら、私は毎朝、洗面台の鏡で見ていた自分の顔を思い出す。
あんなにみっともなく太っているのに、みんなは太っていないと言う。あの可愛い結奈と私が、そっくりだと言うのだ。
《機械も騙《だま》されちゃうなんて、やっぱり双子って同じ顔なのねえ。でもあんたたち、性格は全然似なかったけど——やだ、もうこんな時間》
慌てて立ち上がったのか、椅子《いす》の足が床を擦る音が響く。

《夕方は高速道路が混むから、そろそろ帰るけど、結奈たちも早く帰りなさいよ。こんなところにいたら疲れちゃうでしょ。ちゃんとタクシー使うのよ。ほら、これで》
ゴソゴソと何かをやり取りする気配と、恐縮している口調でお礼を言う和也の声。ドアの閉まる音がして、静かになった。
結奈は、私の部屋の鍵を開けられる。
それは何か重要なことのような気がしたが、頭の中は掻き回されたように濁《にご》っていて、それ以上考えることができなかった。

＊

《車の頭金くらい、自分で払わないと》
まどろみの中で、誰かが話している。
《いいんだよ、あたしは貧乏で、香奈ちゃんお金持ちだし。人の彼氏に色目使ったのはあっちだし。子供が生まれたら、絶対車が必要なんだから》
結奈の声だ。怒っているみたいで、私は心配になる。
《俺があいうの、好きになるわけないじゃん。馬鹿みたいに食ったあと、すげえ几帳面

にごみの分別すんの、キモかったなあ。あの人、コンドームの袋と使ったあとのゴム、きっちり分けそう》
《やめてよ、そんなこというの》
何を話しているのか分からないが、結奈の声は機嫌が良さそうで、ほっとした。
《あれ、香奈ちゃん、笑ってる？》
《マジで？　今の聞こえてた？》
結奈の声がすぐそばで聞こえた。私は頑張《がんば》って、重い体を起こそうとする。
だけど、どうしても動くことができない。
きっと、こんなに太っているせいだ。

絵馬の赦《ゆる》し

一

枕元で震えるスマートフォンを手に取ると、アラームを切った。なんの夢を見ていたのか、頭の奥に、柔らかで曖昧《あいまい》な感触が追いやられていく。

ダブルベッドの隣で眠る夫を起こさないよう、慎重に布団《ふとん》から出た。床に足をつけると、靴下越しに冷たさが体を登ってくる。身を縮めながらリビングへ向かった。

冬至《とうじ》を過ぎてひと月が経《た》とうとしているが、夜明けが早くなった気はしない。六時前に起きると、マンションの窓の外はほとんど真っ暗だ。カラスの鳴く声がかすかに聞こえる。今日は燃えるごみの日だった。

エアコンと加湿器のスイッチを入れて、お湯を沸かす。薄く淹《い》れたコーヒーに砂糖をたっぷり入れ、レンジで温めたミルクを注ぐ。ダイニングテーブルを拭《ふ》いてから、楓花《ふうか》の部屋のドアを開ける。

「楓花、起きて」

頭まですっぽり布団に隠れた楓花の、肩とおぼしき膨《ふく》らみをぽんぽんと叩く。ベッドのすぐ横の勉強机の上には、昨晩、熱心に解《と》いていた図形の問題のプリントが広げてあった。自己採点まで終えたらしく、誇《ほこ》らしげな大きい赤い丸がつけられている。

布団から半分顔を出すと、楓花はもぞもぞとヘッドボードに手を伸ばす。いつもの場所に置かれた眼鏡《めがね》を手探りで摑《つか》み、やっと体を起こした。水色のパジャマの肩の上で、卒業式のために伸ばした黒く細い髪がはねている。

あくび混じりに、おはよう、とつぶやくと、ゆっくりした動作で眼鏡をかけた。五年生の春に作った赤いフレームの眼鏡は、色白の楓花によく似合った。

「今日は、漢字の勉強ね」

机の前に貼られた計画表を見て、そう声をかけた。朝の六時から七時までと、夜、塾から帰った九時から十時半まで。どの教科のどんな勉強をするか、二週間おきに、楓花と一緒にスケジュールを立てている。

「うん、分かってる。てか、寒い」

椅子《いす》にかけられたフリースのパーカーを楓花に手渡す。

「リビングは暖房つけてるから。カフェオレも淹れたよ」

ダイニングテーブルに漢字のテキストを広げ、楓花は朝の勉強を始めた。私はキッチンに立ち、料理を始める。しんとした部屋に、鉛筆《えんぴつ》の音と、包丁の音が響く。

中学受験を提案してきたのは、夫の母だった。

楓花が四年生になってすぐのゴールデンウィークに、夫の実家のある群馬から私たち家族の暮らす横浜《よこはま》まで、姑《しゅうとめ》が訪ねてきた。中華街で食事をしたり、鎌倉《かまくら》観光に付き合ったりと数日を過ごしたあと、明日帰るという日に、姑が突然切り出したのだ。

「横浜の公立中は、ずいぶんとレベルが低いんですってね。いじめとか不登校も多いってテレビで言ってたけど、楓花ちゃんのこと、ちゃんと考えてるの」

夫も私も公立中の出身だったし、楓花が通う小学校では、中学受験をする子はクラスに一人か二人だと聞いていた。楓花を私立中学に行かせようとは、まったく思っていなかった。

夫は二人兄弟の次男で、群馬の高崎《たかさき》の実家の近くに兄夫婦が暮らしていた。兄嫁から、姑が子育てをはじめとする家庭のことに、いちいち口を出してくる、と、愚痴《ぐち》を聞かされたことがある。長年、専業主婦として家のことを取り仕切ってきた姑は、なんでも自分の思い通りにしたがるところがあり、息子家族に対しても、そういった感覚でいるようだった。

楓花が小学校に上がる年に買ったこのマンションは、学区にある学校の評判を調べ、子育てをするのに申し分ない環境だということで、夫と相談して決めたのだ。だから受験の必要はない、と夫は答えたが、姑は納得しなかった。私や夫の見ていないところで、私立中学の制服は可愛《かわい》いだとか、部活の種類が多いだとか、様々なことを楓花に吹き込んだ。そうして楓花の口から、中学受験をしたい、と言わせたのだ。

「分からなかったのは一問だけ。スイシンするって書けなかった」

鉛筆を置いた楓花が、キッチンを振り返って言った。時計を見ると、六時十五分になろうとしている。

「それだけ解けたなら凄《すご》いね。まだ時間あるし、もう何ページかやったらいいよ」

「うん。今作ってるの、お弁当？」

「そう、今日は三時まで仕事だから」

フライパンのブリの照り焼きに、たれを絡《から》めながら答える。

楓花の受験が決まってから、これまでやってきた介護施設での調理補助のパートの、勤務日数を増やした。入学してからの授業料のことを考えると、もっと収入が欲しいところだが、今は塾のお弁当を作ったり、送り迎えをしたりといったことに時間を取られるため、フルタイムで働くことは難しい。細切《こまぎ》れの時間を使って働くしかなかった。

「いい匂い。お腹空《す》いてきた」

「朝ご飯に少し食べる？」

「ううん。夜の楽しみにしとく」

周囲に中学受験をした子などいなかったので、楓花にお弁当を持たせて塾に行かせることに、最初は抵抗《ていこう》があった。小学生の子供が、夕飯を家族と一緒に食べられないというのは、可哀《かわい》そうなことだと感じた。

しかし、受験をする子たちにとっては、それが当たり前なのだ。友達とおしゃべりしながらお弁当を広げるのも楽しいのだと、楓花は言う。それならば、お弁当箱を開けた時に喜んでもらえるようにと、なるべく楓花の好物を手作りして入れるようにした。冷蔵庫にはきんぴらごぼうや切り干し大根煮、茹《ゆ》でたブロッコリーやほうれん草など、あとは詰めるだけのおかずを作って常備してある。

完成したブリの照り焼きを皿に移し、フライパンを洗うと、今度は朝食の準備を始める。ベーコンと玉ねぎのみじん切りを炒《いた》め、卵を溶いた。

「ご飯とトーストと、どっちがいい？　今日はオムレツだけど」

「トーストにする。スープはコーンのやつ」

問題集に目を落としたまま、楓花が答える。何種類か置いてあるインスタントのスープの中から、コーンポタージュの袋を取り出した。また時計を見る。六時三十分。トーストを焼くには早いので、先にごみを捨てに行くことにした。

台所の生ごみと、リビング、楓花の部屋、夫婦の寝室のごみ箱のごみを集めて回る。ドアの開け閉めの音がしても、夫が目を覚ますことはなかった。昨晩は夜の十一時を過ぎて帰ってきたあと、リビングでビールを飲みながら遅くまでテレビを観ていた。

電子部品メーカーで技術職をしている夫は、平日はほとんど残業になるため、夕飯は仕事の合間に、コンビニで買ったものや外食で済ませて帰ってくる。家族みんなで食事ができるのは、週末だけだ。

外はもう、大分《だいぶ》明るくなっていた。エレベーターに向かう廊下を歩きながら、腰壁《こしかべ》の向こうに目をやる。灰色の雲の連なりの下に、薄紫《うすむらさき》の空と、昇り始めた日の光を受けて白く輝くビル群が見えた。冷えた空気を吸い込むと、鼻の奥が痛んだ。

受験の本番まで、もう二週間を切っている。

楓花の第一志望の中学は、偏差値《へんさち》五十八の共学校だ。いわゆる最難関校ではないが、一応、難関校と呼ばれるレベルらしい。先月の上旬に受けた最後の模試ではB判定で、合格ラインのぎりぎりのところにいる。

この二年半、楓花の頑張《がんば》りを、一番近くで見守ってきた。

中学受験をすることに決め、進学塾に通い始めたのは、四年生の夏休みからだった。楓花は、小学校では成績は良い方だったが、塾で出される問題は、学校のテストとはまったく質が違った。最初は平均点を取ることもできなくて、かなり自信を失っていた。

だが楓花は、受験を諦《あきら》めるとは言わなかった。大量に出される塾の宿題を遅くまで机に向かって片づけ、授業のあとも居残って、先生に質問をした。

誰かと競い合うようなことは苦手で、おっとりとした性格の楓花が、こんなにも真剣な姿を見せたことに驚いた。こつこつと努力を重ね、今では苦手だった算数も、クラスで上位の点数を取れるようになった。

ここまで頑張ったのだから、どうにかして合格させてあげたい。しかし、私にできることは、応援することだけだ。だからこそ、全力で楓花を支えなければ、と思う。

胸に溜《た》まった息を、ゆっくりと吐きだす。エレベーターに乗り込むと、ごみ捨て場へと急いだ。

楓花と二人で朝食を済ませてから、きっかり十分後の七時半に夫を起こす。

もう三十分早く起きてくれれば家族一緒に食べられるし、準備や後片づけも一度で済むのに、夫は自分のペースを崩されるのを嫌がった。年齢は私より一つ上なだけだが、その時間まで寝ないと、疲れが取れないのだという。

「お父さん、おはよう。じゃあ、行ってきます」

楓花はいつものように、洗面所で髭《ひげ》を剃《そ》る夫に声をかけて玄関に向かう。鏡越しの朝の挨拶《あいさつ》が、平日の父娘の唯一《ゆいいつ》の交わりだった。

「行ってらっしゃい。帰ったらおやつ食べて、塾の準備して待っててね」

「分かってる。今日は六時間目クラブだから、もしかしたら私の方が遅いかも」

玄関ドアが閉まる音を聞きながら、夫の分のコーヒーを淹れる。オーブンを開け、焼き上がったトーストを取り出す。

「楓花、まだ学校に行ってるのか」

テーブルに着いた夫が、顔をテレビの方へ向けたままつぶやいた。独りごとのような言い方で、一瞬、返事をするか迷ったが、「まだって、どうして?」と聞き返す。

「受験の前って、学校は休むんだろう。課長の息子の時は、年明けからずっと家で勉強させたって言ってたぞ」

思わず、ため息をもらす。楓花の通う塾の方針で、受験前に余計な緊張をさせないように、なるべく学校は普段通りに行かせた方が良いと言われていた。そのことは何度か伝えたはずだが、きちんと聞いていなかったのだろう。夫にはよくあることだった。

私は夫に、塾の先生の言葉をもう一度言って聞かせた。夫は、相変わらずテレビの方を向いたまま、こちらを振り返りもしない。後頭部に酷《ひど》い寝癖がついていて、そんなことにも、なんだか苛立《いらだ》った。

「それで大丈夫だっていうならそうすればいいけど、でも休むのが普通なんじゃないか？馬鹿正直に塾の先生の言う通りにして、他の子たちがみんな休んでたらどうする」

馬鹿、という言葉に、顔が熱くなった。何もしていない人に、どうしてそんなことを言われなければいけないのか。

夫の母の意見で中学受験をすることになったが、そのための負担の大部分は、私にかかってきた。楓花も、友達と遊ぶ時間を減らし、必死で勉強を続けてきた。

そんな私と楓花に、夫はほとんど手を貸すことをしないのに、口ばかり出すのだ。

塾への送り迎えは子供を甘やかすと言い張り、バスの便が悪くバス停までが遠いのだと事情を説明しても、なかなか納得しなかった。

たまに家にいる時に、勉強中の楓花に急にテストの結果を見せるように命じ、こんな点数を取っているようじゃ駄目だ、などと説教を始めたこともある。

中学受験のことでは、夫と何度も言い合いになった。余計なことばかり言ってこないで、と怒鳴ってしまったこともある。

だが今は、夫の言葉を受け流せるようになってきた。無遠慮な意見に感情的にならなくなったのは、楓花のための努力だ。

楓花が落ち着いて勉強できるように、穏《おだ》やかな家庭を保つのも、私の仕事なのだ。だから夫に対しての不満を、表に出すことはやめた。夫に何か言う時は、意識して明るい声で、口角を上げて話すように努めた。

「そうだね。じゃあ、楓花に塾の子たちが休んでいるか、聞いてみる」

学校を休ませて勉強させるつもりはまったくなかったが、そう答えた。口角を上げた私の顔を、夫は一度も見なかった。


夫が出勤したあと、洗濯物を干し終わり、仕事に行くために身支度《みじたく》をしている時だった。リビングで電話が鳴った。まだ九時前で、セールスの電話にしては早すぎる。楓花の学校で、何かあったのだろうか。

「ああ、聡美《さとみ》さん。私、梨沙《りさ》だけど」

受話器から聞こえてきた声に、もうずっと思い起こすことのなかった記憶が、痛みとともに蘇《よみがえ》ってくる。まだ結婚前に夫の実家を訪れた時、挑むような眼で、私を見下ろしていた。決して赦《ゆる》されないことをした女。

「どうしたんですか、急に。これから仕事に行くから、今は話せません」

上擦《うわず》った声で、やっとそれだけ言った。梨沙と話すことなどない。私は電話を切ろうとした。

「え？　秀雄《ひでお》君、聡美さんに何も言ってないの？」

呆《あき》れたような口調で言われ、手が止まった。

なぜ、ここで夫の名前が出てくるのか。夫はもう、梨沙とは連絡を取らないと言った。約束したのだ。

「ごめんなさい。もう出かける時間だから、これで」

これ以上、話してはいけない。怒りからか、あるいは恐怖からか、膝《ひざ》が細かく震えていた。

「待ってよ。聡美さんにも、聞いてもらわなきゃいけない話なの」

耳から離した受話器から、梨沙の甲高《かんだか》い声が飛んだ。

「私、妊娠したの」

二

キャベツの葉を、虫食いの穴がないか確認しながら、丁寧《ていねい》に洗う。ポリ手袋が薄いので、水の冷たさに指が痺《しび》れてきた。

「さとちゃん、それ終わったら、人参《にんじん》の千切《せんぎ》り頼んでいい？」

向かいでごぼうを洗っている同僚が、手を止めることなく声をかけてきた。了解、と返事をして、水を切ったキャベツをざるに入れる。

介護施設の調理補助の仕事は、楓花が小学二年生になった時に、同級生の母親に誘われて始めた。朝九時から昼の三時までの六時間、四十分の昼休憩を挟んで働く。雇われているのは私と同じような年代の母親たちで、もう五年近くも一緒に働いているので、気疲れすることがない。

キャベツを調理台に運ぶと、大きなボウルに山盛りになった人参の皮を剝《む》き始める。同じリズムで手を動かすうちに、頭の中がぼんやりと濁《にご》り、悩みや苦しさがあやふやになる。いつもはそうだった。

しかし、今朝の梨沙の言葉は、くっきりと輪郭《りんかく》を持ったまま、そこにあった。思い返すたびに、辛《つら》い感情の塊《かたまり》が膨らんで、破裂しそうになる。

梨沙は夫の秀雄のまたいとこで、姑の従妹《いとこ》の娘にあたる。年齢は夫より七歳年下で、結婚はしていない。初めて会ったのは、もう十数年前になるだろうか。結婚前に夫の実家に挨拶に行った際に、まるで身内のような顔をしてそこにいた。夫や姑と同じく、色白で背の高い女だった。

「秀雄君の彼女、生意気じゃない？　わざわざ顔見にきてあげたのに、なんか偉《えら》そうにし

てて さ」

リビングで、夫と、夫の父と三人で話していると、台所の方から梨沙の大声が聞こえてきた。姑がなんと返事をしたのかは、聞こえなかった。思わず隣に座っていた夫の顔を見たが、私の視線を避けるように、携帯電話を操作していた。

夫の父は取《と》り繕《つくろ》うように、「梨沙は、わがままに育ったもんでね」と苦笑いした。

梨沙は、お互い家が近くということもあって、夫の秀雄とは幼馴染《おさななじみ》のように育ったのだという。地元の専門学校でデザインを学んでいるという彼女は、長年の付き合いであるまたいとこが恋人を連れてくると知って、その場に立ち会いたいと、事前に断りもせずやってきたのだそうだ。

親類の婚約者に対し、聞こえるように陰口《かげぐち》を叩く。しかも六つも年上の私のことを、生意気だと言ったのだ。まだ学生だということを差し引いても、あまりに幼く、愚《おろ》かで、思いやりのない振る舞いだった。

人を傷つけてはいけない。人に迷惑をかけてはいけない。そんな当たり前のことができない梨沙を、私は軽蔑《けいべつ》した。結婚しても、極力関わらないようにしようと決めた。

そして、その何年かあとに、私たち夫婦と梨沙との間にある決定的なことが起きた。それ以来、私は梨沙と会うことも連絡を取ることもせず、夫にも同じようにすると約束させた。その後は、まれに姑を通して近況を知らされるという程度だった。

梨沙は専門学校を卒業後、下着メーカーに就職して関西の方にいると、姑から聞いていた。しかし、今は地元の群馬に戻ってきているらしい。朝の電話は、自分の実家からかけていると言っていた。そして近いうちに横浜に出向いて、私と夫と三人で話し合いたい、とも――。

最後まで聞かずに電話を切ったが、もしも楓花がいる時に電話をかけてきたらと思うと、気が気ではなかった。楓花には、電話帳に登録されている番号以外からの電話には出ないようにと言ってあるが、留守番電話に余計なメッセージを吹き込まないとも限らない。

どうあっても、楓花にだけは、梨沙のことを知られてはいけない。

楓花がなんの心配もなく受験に臨《のぞ》めるように、守らなくてはいけない。

そのために、まずは梨沙の思惑《おもわく》を正確に知ることが必要だろう。

もしも彼女が、私たちの家庭を壊す存在となるのなら、どんな手段を使ってでも止めよう。そう決めた。

仕事を終えて帰宅したのは、午後三時半だった。楓花はちょうどランドセルを背負ったまま、手を洗っていた。この時期に、体調を崩すわけにはいかない。私からも注意をし、帰ったらすぐにうがい手洗いをするように徹底している。

「おやつ、車で食べていい？　早めに行って、自習したいから」

「分かった。お弁当詰めちゃうから、準備してて」

ご飯はこの時間に炊《た》けるように、タイマーをセットしてあった。冷蔵庫から朝に作ったおかずを取り出し、レンジで温める。食べる頃にはどうせ冷めてしまうのだが、詰める前に温めた方が、美味《お い》しくなるような気がした。

だが、温めすぎると蓋《ふた》の裏に水滴がつくので、湯気が立たない程度に軽く温めなくてはいけない。電子レンジのつまみを調節しながら、私のしていることは、本当に小さなことばかりだと、自分でおかしくなる。

詰め終えたお弁当箱をランチクロスで包みながら、リビングの電話機に目をやる。留守番電話は入っていないようだ。楓花は塾用のバッグを背負い、キッチンカウンターの棚のおやつを選んでいる。

「お待たせ。行こうか。寒いからダウン着てね」

楓花にお弁当の包みを渡し、一緒に家を出る。マンションの駐車場は平面なので、車はいくぶん汚れやすいが、急いでいる時にはありがたい。

　楓花の通う塾は駅前にあり、マンションからだと車で十分くらいだった。塾の前には送迎の車が列になっていたが、塾の方から路上駐車はしないようにと言い渡されているので、少し離れた駅のロータリーに車を停《と》めた。保護者たちの多くが決まりを守っていないとしても、やはり人の迷惑になることは、したくなかった。

「じゃあ、帰りもここね。八時半には着いてるから」

「うん。行ってくる」

　楓花は慌《あわ》ただしく塾のバッグを肩にかけ、お弁当の入ったポーチを掴むと歩道に降りた。早足で塾へと向かう小さな後ろ姿を、振り返ってじっと見つめた。

　四年生の時は、リュック型の塾のバッグに背中が隠れてしまいそうだった。今はもう、私と十センチしか身長が違わない。体つきも大人びてきた。机に向かっているひたむきな顔を見ていると、その成長の早さが、少し寂《さび》しくなる。

　サイドブレーキを解除し、シフトレバーをドライブに入れる。ウインカーを右に出して、ロータリーを回って大通りに出た。

　帰宅ラッシュが始まったのか、帰りは道が混んでいた。来た時の倍の時間をかけて、国道をのろのろと進む。前の車のブレーキランプを見つめながらも、頭の隅では、梨沙のことをどうするべきか考えていた。

本当なら、夫に対処させるべきなのかもしれない。

しかし、今は楓花にとって、一番大切な時期なのだ。夫を矢面《やおもて》に立たせることで、梨沙をつけ入らせることになってはいけない。

何より、このような事態になったのに私に何も告げずにいた時点で、夫を信じることができなかった。自分だけで、どうにかしようと思ったのだろうか。

私と楓花を傷つけまいと黙っていたのかもしれないが、私には、夫の気持ちが分からなかった。昔の私なら、夫に何を考えているのか、尋ねることができただろうか。

夫と出会ったのは、社会人になって二年目の頃だった。

友人同士の紹介で知り合った夫は、物静かで、あまり自分から話すことのない人だった。いつもは友人たちと数人で会っていたが、ある日、他の面々が都合で来れず、居酒屋で二人きりになってしまった。何も話さないのは気まずいだろうと、気をつかってこちらから話しかけた。

最近、どんなことに心を動かされたか。

どの土地で生まれ、どういうふうに育ったか。

寡黙《かもく》な人だと思っていた夫は、私が一つ聞いたことに、十の言葉を使って、丁寧に答えた。

静かな話し方で、心地《ここち》良い声で、なんでもないことしか話していないのに、気がつけば時間が過ぎていた。なんでもないことしか聞いていないのに、なぜだか、とても大切なことを聞かせてもらったように思えた。

それから、二人だけで会うようになった。付き合おうと言ったのは、向こうからだった。ずっと一緒にいようと言ったのも。

あの頃、彼は私に、たくさんのことを話し、たくさんのものを与えてくれた。

だが、梨沙とのあのことがあってから、夫は私の顔を見なくなり、大切なことを、話さなくなった。

きっとそれは、罪悪感のためなのだと思う。

夫と会話がないわけではない。休みの日には家事を手伝ってくれることもあるし、楓花の勉強も見てくれたりする。受験のことで、あれこれ意見してくるのも、楓花を心配しているからだ。

暴力をふるわれたことは一度もないし、借金やギャンブルなどの問題もない。

ただ、夫が私の方を向いて、自分がどんな気持ちでいるか、何を思ったか、話さなくなった。それだけのことだ。

そうして私も、夫に、大切なことは聞けなくなった。

傷つけられるのが怖いから、どうでもいいことで、夫との隙間《すきま》を埋《う》め続けた。夫といると、一人でいるより孤独な気持ちになる。夫も、同じ思いでいるのだろうか。

マンションに着き、玄関のドアを開けると、部屋の中は冷え切っていた。洗面所に、茶色のランドセルが置かれたままになっている。

夫を頼ることはできない。楓花は、私が守るのだ。

決着をつけるなら、早い方がいい。

私はリビングに向かうと、電話の着信履歴《りれき》を表示させた。

三

「だから、そっちに行って話すって、言ってるでしょ」

梨沙は再び、同じことを言い募《つの》った。こめかみを揉《も》みながら、壁の時計に目をやる。引っ越し祝いに姑から贈られた赤ずきんをモチーフにしたからくり時計は、午後五時になろうとしていた。

「話すだけなら、電話で済むでしょう。もう会わないって、梨沙さんだって納得して約束したはずだけど」

「その時とは、状況が違うじゃない。言ったよね、妊娠したって」

それを言えば、こちらが従うとでも思っているのか。

「だからこそ、来てもらうわけにはいかない。妊娠が分かったばかりなら、大事な時期なんじゃないの？　こっちも今はそれどころじゃないし、とにかく、もう少しあとにして」

「時間がないの」

私の言葉を遮《さえぎ》って、半《なか》ば叫ぶような声を出す。その剣幕に、思わず身をすくませた。

「産むか、堕《お》ろすか、私には決められない。だから相談したいって言ってるの」

しぼり出すような声で、梨沙は言った。私は、呆然《ぼうぜん》とその言葉の意味を、飲み下した。

私は梨沙が妊娠しているという事実を、どこか遠いことのように、自分に関係のないことのように思っていた。そう思いたかったのかもしれない。

窒息《ちっそく》したみたいに胸が苦しかった。浅く息をしながら、見慣れたリビングを振り返る。薄いグリーンのソファー。モロッコ柄のカーペット。朝から、壁に立てかけたままになっていたモップ。

梨沙という存在が、私たちの暮らすこの家に染み出し、その質量を増し、羊水《ようすい》のようにこの部屋を満たす。そんなありもしない光景を思い浮かべ、恐ろしくて目を閉じた。

「病院で聞いてみたんだけど、手術するなら早い方がいいって。だから、産まないなら今週中に決めるように言われたの」

「産んで欲しくないって、言ったら、手術するの」

口の中が渇《かわ》いて、言葉が途切れ途切れになる。梨沙は、しばらく返事をしなかった。汗ばむ手で、受話器を握《にぎ》り直す。

「許してくれるなら、産みたいけど、そんな権利ないって分かってる」

必死で感情に蓋をしているような、硬い口調で梨沙は答えた。

「でも、このことは顔を合わせて話したい。明後日《あさって》、金曜日に行くから。お願い」

私の返事を聞かずに、梨沙は電話を切った。動けないまま、懸命《けんめい》に頭を働かせる。

金曜日は、小学校は六時間授業で、塾は七時半までだったはずだ。楓花の下校までに、梨沙との話を終えることはできるだろうか。薄暗い部屋で、外線のランプが光っているのに気づき、やっと受話器を置く。

不意に、背中に寒気を感じた。家に着いてから、まだ暖房を入れていなかった。テーブルに置かれたリモコンを手に取り、エアコンをつけると、力が抜けたようにダイニングチェアに腰を下ろす。

梨沙のために、私の大切なものが、壊されてしまうかもしれない。

毎日、家族のために、小さなことを片づけてきた。

人を傷つけず、人に迷惑をかけず。自分にできることは、それだけだから。そうしていれば、幸せになれるのではないかと期待した。

だが十数年かけて私が積み上げてきたものに、価値はなかった。無駄だったのだ。妻として夫と心を通わせることもなく、母として子供を守ることもできない。ただのみじめな女だと、思い知らされた。

両手で口を押さえたが、泣き声が止められない。

悔しい。あんな女に負けるのか。不倫の果てに、妊娠するような女に。

指の間を、あとからあとから涙が伝う。声が出ないように、奥歯を強く嚙《か》んだ。ううと、こもったうめき声がもれる。

息ができない。このまま死んでしまうのではないか。このまま死んでしまいたい。こんなに苦しいなら、死んでしまいたい。


テーブルに突《つ》っ伏《ぷ》して、何度も深呼吸をした。楓花を迎えに行かなくてはいけない。楓花の顔を思い浮かべ、嵐となった情動を、無理やり抑《おさ》えつける。

洗面所で、冷たい水で顔を洗う。まぶたが腫《は》れていた。冷蔵庫から保冷剤を出してタオルで包み、目に当てる。

車の中は暗いから、楓花が注意して見なければ、気づかれないだろう。もし何か聞かれたら、泣けるドラマを観たとでも言いわけしよう。

帰ったらすぐに入れるように、浴槽を洗ってお湯を入れてから、身支度をして外に出る。マンションの廊下から、夜空を見上げた。かすかに光る細かな星粒の中を、飛行機の緑色の光が、点滅しながら進んでいく。楓花が小さい頃、飛行機の光を見るたびにＵＦＯだと騒いでいたのを思い出し、笑みが浮かんだ。笑えるのだから、もう大丈夫だ。

ほとんど信号に捕まらずに行けたので、普段より早く駅に着いた。カーラジオを聴きながら、目だけをバックミラーに向けて、楓花を待つ。ラジオでは、私が大学生の頃に流行《はや》った、女性ボーカルのバンドの曲が流れていた。

歩道を歩く人の群れの中に、うつむいて歩くピンクのダウンコートの人影が見えた。ドアのロックを解除して、体を後ろに向ける。

楓花はドアを開けると、無言でシートに腰を下ろし、ため息をついた。何かあったのだと思ったが、こちらからは聞かず、おかえりとだけ言って車を出す。

家に着くまで、楓花は一言も話さなかった。玄関で靴を脱いだあと、足元を見たまま、その場に立ち尽くしている。お風呂に入りなさい、と、声をかけた。顔を上げた楓花の頰《ほお》が濡《ぬ》れていた。

「受けたとこ、全部落ちたら、どうしよう」

　かぼそい声でつぶやく。ずっと押し込めていた不安が、あふれてきたようだった。

　同じ塾に通う友達の知り合いが、受験したすべての学校に落ちて、公立校に通っていると聞いたのだという。

　楓花は、一応は滑り止めを受験することになっていたが、そこは偏差値五十一の中堅校だ。Ａ判定であっても、絶対に落ちないとは言い切れない。

「もし落ちたら、今までやってきたこと、全部無駄になっちゃうの？」

　薄い手の甲で涙を拭《ぬぐ》いながら、楓花は尖《とが》った声で問いかける。ほんの十二歳で、彼女は絶望を、そのふちから覗《のぞ》いていたのだ。

「無駄になんかならない。絶対に」

　背中に手を当てると、つるりと冷えたダウンの感触を通して、心臓の拍動が伝わってくる。苦しいほどの愛しさが込み上げて、胸がいっぱいになる。

「大丈夫だよ。楓花は受かる」

　受かるよ、大丈夫、と言い聞かせながら、ゆっくりと背中を撫《な》でた。何度も、何度も。

「もう、分かったから」

　楓花が、大きく息を吐いた。

「風邪《かぜ》さえひかなきゃ、受かるって。ほら、早くお風呂入りなさい」

そう言って背中を叩くと、楓花は照れたように目を合わせないまま、着替えを取りに部屋に入っていった。

母親として楓花を守る道は、まだ残されている。

絶対に、楓花を傷つけない。そのために、梨沙の問題にどう対処するべきか。

目的がはっきりしているのだから、あとは手段を選ぶだけだ。

もう、悩む必要はなかった。リビングに入ると、家族用のパソコンを起《た》ち上げる。金曜日までに、調べておかなければいけないことがあった。

四

梨沙が新横浜駅に着いたのは、昼の十二時ちょうどだった。

「東京から横浜までって、それなりに時間かかるんだよね。東京からも新幹線にして正解だった」

ウール地らしい、キャメルのトレンチコートとジーンズという恰好《かっこう》で北口の改札を出てきた梨沙が、あっけらかんと言う。高崎からは一時間半程度の距離とあって、荷物は小さなショルダーバッグ一つだけだ。

　最後に会ったのは、梨沙がまだ二十代前半の時だ。あの頃よりも、少し痩《や》せたように思う。長かった髪は、肩につかないほどに切られ、ゆるくパーマがかけられていた。

「体の方は、大丈夫なの？」

　視線を合わせたくなくて、前に立って歩きながら尋《たず》ねる。

「うん。まだつわりとか、ないし」

「車で来てるから。パーキングまで、少し歩くけど」

　エスカレーターで歩道橋に上がり、大通りを渡る。階段を降りて一〇〇メートルほど行った先の、ビルの隣のコインパーキングに車を停めていた。

　歩きながら、梨沙は高崎の実家のことなどを話していた。だが、私はこのあとのことに考えを巡らせていたので、梨沙の言葉はほとんど耳に入らなかった。きっと、的外れな相《あい》槌《づち》を打っていただろう。

　ドアのロックを開けると、梨沙は助手席に乗った。

「これから、どこに行くの？」

　期待をはらんだような声で梨沙が尋ねた。私たちの家に向かうと考えたのだろう。

「話をするのに、ちょうどいい場所があるの」

エンジンをかけ、サイドブレーキを外す。カーナビにはすでに、事前に調べておいた目的地を入れてあった。

つい先月、夫が教えてくれた場所だった。


十二月の第二週の月曜日。その日は土曜参観の代休で、楓花は朝から家にいた。夫も出張した分の代休をとっていて、私は仕事を入れていたので、珍しく夫と楓花が二人で過ごすことになった。

仕事を終えていつも通り三時半にマンションに着くと、ちょうど夫と楓花が車で帰ってきたところだった。二人で外でお昼を食べたあと、市内の神社で合格祈願のお参りをしてきたのだという。

「お父さんの会社の近くのカレー屋さんに行ったんだ。お店の人が全員ネパール人で、カレーが二種類選べて、あとラッシーがついてくるの」

ポークカレーとキーマカレーを食べたという楓花は、辛《から》いけど美味しかった、と上機嫌《じょうきげん》で報告してくれた。久しぶりに父娘で出かけられたことが嬉《うれ》しかったのだろう。

「楓花の塾って、ちょっと変わってるんじゃないか？」

台所で夕食の支度をしていると、冷蔵庫のお茶を取りにきた夫に、そう話しかけられた。楓花はおやつを食べたあと、自室で勉強をしていた。

「変わってるって、楓花から何か聞いたの？」

「いや、楓花がそう言ってたわけじゃないんだけど、今日、神社で絵馬に願いごとを書く時に、ちょっと」

夫はなぜか、言いにくそうに言葉を濁した。

何があったのかと尋ねると、楓花は絵馬の裏に、合格を願う言葉だけでなく、もう一言、書き添えたのだそうだ。

「塾の先生が教えた、合格のおまじないだって言うんだけど」

夫が楓花から聞いた話では、合格祈願の絵馬に、受験を応援してくれた家族への感謝の気持ちを書くと志望校に受かる、と塾で教わったのだという。

当然、その絵馬は一緒に行った親も見るだろうから、保護者への一種のサービスのようなものなのだろう。

「そうなんだ。楓花、どんなこと書いてた？」

何気なく聞いただけだったが、夫の返事はなかった。お茶のペットボトルを摑んだまま、思いつめたように冷蔵庫の扉を睨《にら》んでいる。

「いつも色々してもらってるけど、書ききれないから、一言にしたんだそうだ」

やがて、夫はこちらを向くと、私の顔をじっと見た。

「聡美への、感謝の気持ちだよ。それは間違いない」

慎重に、言葉を選ぶようにして、夫はそう言った。


ゆっくりと、なだらかな坂道を登っていく。車のボンネットに、柔らかい冬の日差しが反射していた。

横浜市内でも、この辺りは山を切り拓《ひら》いて造成された住宅地で、とにかく坂が多い。道も狭く、やっと車がすれ違えるくらいの幅しかない。

「こんなところに、神社なんかあるんだ」

助手席の窓から外を眺《なが》めながら、梨沙は感心したように言った。

「それなりに歴史のある神社らしいけど、ホームページとかもないし、地元の人しか知らないみたい」

夫から聞いた話を、そのまま口にする。だから平日はほとんど参拝客が来ず、社務所にも人がいないらしい。人混みに楓花を連れて行って、疲れさせたり風邪をうつされたりしないようにと、夫なりに配慮したのだった。

やがて住宅がまばらになり、道の片側が森に、反対側は崖《がけ》になった。ますます細くなった道をしばらく進み、大きなカーブを曲がると、カーナビの音声が、目的地だと告げた。

山の中にある、本当に小さな神社だった。境内《けいだい》に続く階段の手前に、石造りの古びた鳥居《とりい》と三台分の駐車スペースがあった。車が来ないことを確認し、切り返してバックで停める。他に車はなかった。

「ここも横浜市内なの？　高崎の実家より田舎《いなか》かも」

車を降りた梨沙は、寒そうに首をすくめながら辺りの風景を見渡す。葉を落とした広葉樹と、濃い緑の針葉樹の枝とが、重なるように頭上を覆《おお》っている。薄暗く、空気がしんと冷えていた。

「階段、気をつけて」

先に立って石段に向かう。境内まで二十段程度だが、傾斜が急なので足元に注意して登った。登り切ったところに、また石造りの鳥居が立っている。小さな境内に、一対の狛犬《こまいぬ》と灯籠《とうろう》。正面に本殿が見える。賽銭箱《さいせんばこ》は、長年風雨にさらされたためか木の表面が傷《いた》んでいて、鈴の緒はほつれていた。境内の右隅の東屋《あずまや》に机が置いてあり、絵馬やお守りが無人で売られている。

「ねえ、見せたいものって、なんなの？」

何もない境内を見渡した梨沙が、初めて不安そうな声を出した。お腹の前で、白い手を何度も擦《こす》り合わせている。

一瞬、ためらったが、もう後戻りはできないと、覚悟を決めた。

「こっち。ついてきて」

私は確かな足取りで、大きな松の木のある、境内の左手へと歩を進めた。

五

二月二日、楓花の中学受験が終わった。

一日目、第一志望校のA日程の試験に、楓花は落ちた。国語の記述と、算数の図形の問題が解けなかったと、試験が終わったあとにもらしていた。本人も自信がなかったのだろう。夕方に学校のホームページで受験番号がないことを確認すると、落ち着いた様子で自分で塾に電話して報告し、明日の試験のために机に向かった。

そして二日目の二月二日。午前中に、第二志望校の試験を受けた。保護者の控室で待っていると、明るい表情で楓花は戻ってきた。結構解けた、と、ほっとした様子でこっそり伝えてきた。

車の中でお弁当を食べさせて、午後は第一志望校のB日程の試験を受けた。最難関校を受ける子供たちが滑り止めに受けるため、A日程よりも合格の難易度は高くなる。だが可能性があるならと、申し込んでいたのだ。受験科目は国語と算数の二科目だけで、二時間程度で試験は終わった。

午前中の試験が上手くいったことでリラックスできたのか、それとも問題との相性が良かったのか。楓花は第二志望校のA日程と、第一志望校のB日程の両方に合格した。昨日、無念な気持ちで見たホームページで、今度こそ受験番号を見つけた瞬間、二人とも涙がこぼれた。

「明日の滑り止めは受けない。これで終わりにする」

晴れ晴れとした顔で、涙ぐんだ楓花がそう宣言した。夫に電話をさせると、これからすぐ帰るとのことだった。近所の回転寿司屋で持ち帰りの寿司を買ってきて、家族で合格を祝った。

もう使うことのない塾のバッグには、同じ神社のお守りが二つついている。夫が合格祈願に連れて行った際に買ったものと、先月、親類のおばさんが買ってくれたものと。

あの日の夕方、楓花の塾がある駅のロータリーで、神社で買ったお守りを手に、梨沙は緊張した顔で助手席に座っていた。

本当にいいの、と、梨沙はためらっている様子で尋ねた。

「いいよ。梨沙さんから直接、渡してあげて」

私は前を向いたまま答える。カーラジオからは、楓花の好きな男性アイドルユニットの歌が流れていた。

「そのことじゃなくて、子供を産むこと」

両手で大切そうにお守りを包む梨沙の手が、震えていた。

「あなたは結婚するんだから、問題ないでしょう」

「だけど、そうしたら、あの子が」

梨沙が顔を上げた。すがるような目で、私を見た。

「楓花はもう、私と夫の子なの」

突き放すように告げた。そのことだけは、分かって欲しかった。

「だからあなたが子供を産んでも、楓花にはなんの関係もないの。あの子を自分で育てられなかったことに、負い目を感じているんでしょう。でもあの子の母親は、私だから」

十三年前、梨沙は会社の取引先として知り合った十歳以上も年上の男と不倫をし、妊娠した。

私はその前年に、子宮体癌《しきゅうたいがん》で子宮を全摘出し、子供を持つことができなくなった。

妻とは必ず離婚するという男の言葉を、梨沙は信じた。しかし間もなく、男の妻から慰《い》謝料《しゃりょう》を請求《せいきゅう》され、あげく男とは連絡が取れなくなった。一人で子供を育てようと一旦《いったん》は決意したものの、梨沙は心労からストレス障害を発症し、部屋に引きこもり、ほとんど寝たきりとなった。

そのような状況で、子供を育てることなどできないと判断した梨沙の母親が、従姉《いとこ》である姑に相談を持ちかけた。梨沙が産んだ女の子は、私と夫の娘になった。夫は、姑が子供を産めなくなった私にそんな提案をしたことを、負い目に感じてくれた。

人の家庭を壊すようなことをした梨沙を、私は軽蔑し続けた。梨沙を貶《おとし》めることで、私の方がずっと楓花の母親にふさわしいのだと、信じたかった。

だけど、そんな思いにとらわれる必要は、もうないのだと気づいた。

私は楓花の母親で、それは何があっても揺らがない。

梨沙をあの神社に連れて行ったのは、楓花が絵馬に書いた言葉を、見せたかったからだ。

絵馬の裏側には、合格祈願の文字のあとに、こう書かれていた。

『お母さん、生んでくれてありがとう』

虚《うつ》ろの檻《おり》

一

硬く湿った土の上で、私は目を覚ました。頭の芯に、何かとても恐ろしい夢を見たという感覚だけが残っていたが、その輪郭《りんかく》を摑《つか》むことは難しかった。

空腹と疲労のためか、集中してものを考えることができない。かろうじて檻《おり》の隙間《すきま》から見える庭木の枝の間に星空が覗《のぞ》き、まだ夜が深いことは分かった。だが、時間の感覚はまったくなかった。

自分の腕を枕に横たわったまま、いつの間にか寝入ってしまったようだ。

側頭部からの出血は、服の袖《そで》で強く押さえていたおかげで、もうほとんど止まっていた。前髪が額《ひたい》に貼りついていて、顔をしかめると皮膚が引っ張られる。傷に触ると腫《は》れて瘤《こぶ》になっていたが、痛みはごく軽かった。

頭の怪我《けが》よりも、呼吸をするのが辛《つら》いほどに喉《のど》が渇《かわ》いている。水入れは檻の隅にひっくり返っていて、空《から》っぽなのは明らかだった。

私と同じく、喉が渇いているのだろう。龍次郎《りゆうじろう》は私と反対側の檻の隅に伏せ、恨《うら》めしそうに舌を出している。だらりと垂れ下がった頰《ほお》は、土と涎《よだれ》で黒く濡《ぬ》れていた。

トラツグミのどこか物悲しい啼《な》き声が、遠くから聞こえてくる。一年前、この長野の山の中で暮らし始めるまで、夜に啼く鳥がフクロウ以外に何種類もいるなんて、知りもしなかった。

檻の中には龍次郎の苦しげな息づかいが響いていた。昼と比べれば大分《だいぶ》涼しくなっていたが、私と違って厚い毛皮を着ている身では、真夏は夜でも厳しいのかもしれない。特にこの何日かは暑さが酷《ひど》いせいか、日中温められた地面から、その熱が湿気とともに立ち上《のぼ》ってきて、檻の中は獣と土の匂いの混じった不快な空気に満ちていた。

薄暗い檻の中を、目だけ動かして見回す。特注の犬舎らしいこの檻は四畳ほどもの広さがあり、十センチ間隔の太い金属の棒の柵で側面を囲まれていた。屋根は物置に使われるような頑丈《がんじょう》なスチール製で、天井のどこを見回しても隙間らしきものはなかった。

ふと、自分の顔の横に、指先ほどのサイズの小さなジャガイモが落ちているのに気づいた。畑に植える時に小さすぎる種イモを省いてポケットに入れておいたのが、転がり出たのだろう。なんとはなしに拾い上げると、龍次郎の鼻先をめがけて放り投げる。ぽとん、と乾いた音に反応して、龍次郎が低く唸《うな》った。やがて目の前に何か小さなものが現れたと気づくと、首輪が食い込むほどに顔を前に出して、長い舌で掬《すく》い取って食べてしまった。ドッグフードだとでも思ったのだろうか。

土佐犬《とさけん》特有の短い茶色い毛の下の肩の肉が、前足を踏ん張る姿勢のために、張りつめたように盛り上がっている。私の方に向かってくることはないと分かっていても、つい身構えてしまう。

あれほど凶暴に吠えかかってきた龍次郎が私から離れて檻の隅にいるのは、柵から突き出た金属の留め具に鎖《くさり》が絡《から》まり、身動きが取れないためだ。暴れるうちに自然と引っ掛かったのか、私をこの檻に運び込んだ者がわざとそうしたのかは分からない。どちらにしても、檻の中で最初に目を開けた時は、このまま咬《か》み殺されるのかと覚悟したものだ。

幸《さいわ》い、そんな無残な死に方はせずに済んだが、いずれ殺されるのは間違いないだろう。そうでなければ、私をこんなところに閉じ込めておくはずがない。

だが、果たして私は殺されるだけのことをしたのだろうか。

私はただ、この龍次郎という隣家で飼われている土佐犬を、殺そうとしただけなのだ。そうする以外に、彼を苦しみから救う方法がなかったから。

私は龍次郎から顔を背《そむ》けると、目を閉じた。ゆっくりと鼻で息をする。そうすると少しは喉の渇きがましになる。

あくびを噛《か》み殺すと、目の縁《ふち》を涙が伝った。また眠気がやってきたようだ。

私は逆らわず、意識を曖昧《あいまい》にする。

どうせなら死ぬ前に、満足のいくまで眠っておきたかった。

こんなにたくさん眠れるなんて、何日ぶりのことだろう。

＊

階下の柱時計が八時を打った。

朝日がよく入るようにと南東に向けて高窓が設《しつら》えられた二階の寝室は、もう夏場の台所のような熱気だった。避暑地とされているこの辺りでも、盛夏《せいか》ともなれば真夏日と呼ばれる日がある。

硬質のガラスを引っかくようなキビタキの鳴き声が、杉板の壁を通して響いてくる。私は耳を塞《ふさ》ぐように、薄掛けの布団《ふとん》を頭から被《かぶ》った。

前の管理人がどうやら餌付《えづ》けをしていたらしく、私がこの山荘で暮らすようになってもう一年近く経《た》つというのに、庭のカラマツの木にはキジバトやオオルリ、ノジコなど、様々な野鳥がやってくる。そして早朝から、それぞれ枝に留まって鳴き続けるのだった。

それでも今朝は、私はベッドから出ようとしなかった。あの一晩中続いた吠え声のせいで、寝ついたのが朝の四時半なのだ。まだ四時間も眠れていない。

なんとか目を閉じ続けたが、数分も経たないうちに汗が目にしみてきた。諦《あきら》めて布団から顔を出すと、鈍《にぶ》く痛む首筋を、ゆっくりと動かしてほぐす。枕に片耳を押しつけるような体勢で寝ていたため、背中から肩にかけてが固まったようになっていた。

ようやく寝返りを打ち、明るいパイン材が張られた天井を見上げる。屋根裏風の勾配《こうばい》天井は断熱が充分でないのか、屋根からの熱がそのまま伝わってくるのだ。

「——長野の別荘地に、リーマンショック前くらいに建てた山荘なの」

あの日、篠岡珠美《しのおかたまみ》は言いにくそうに目を泳がせながら、そう切り出した。

「今はたまにしか使っていないんだけど、管理を頼んでいた会社が倒産してしまって。百合子《ゆりこ》さん、良かったら管理人になってもらえないかしら」

都内に自社ビルを構える住宅会社の女性社長である珠美からその話を持ちかけられたのは、昨年の秋——私が夫の俊明《としあき》と離婚して、ちょうど一か月が過ぎた頃だ。

珠美とは数年前、私が篠岡ホームの専属インテリアコーディネーターをしていた関係で親しくなり、月に二度は、一緒に食事をする仲だった。

珠美の方が三つほど年が上だが、偶然二人とも中学高校と剣道部に所属していたことや、同じ三十代半《なか》ばで経営者の立場であること——当時は私も自分の事務所を構えていた——など共通点が多く、仕事相手でありながら、私にとっては親友とも呼べるような存在になっていた。二人で話題の美味《おい》しい店を食べ歩いたり、時には真剣に仕事の悩みを話し合ったりもした。

　珠美と知り合った四年後、私が取引先の家具メーカーの社員だった俊明と結婚してからも、彼女との付き合いは途切れることはなかった。お互い子供がいなかったこともあり、それまでと同じペースで会っては、近況を話し合った。

「いずれは今の事業を部下に任せて、インテリアデザインの勉強をしたいの」

　結婚してから、私はよくそうした、空疎《くうそ》な夢を語るようになった。

　おそらく、現実から目を背けたかったのだろう。結婚生活が始まって間もなく、私は俊明の暴力にさらされるようになっていた。

　最初は、言い合いになった時に、耐えきれないといった様子で壁を殴りつけただけだった。それくらいならば、よほど腹を立てたのだろうと感じた程度だったが、それがすぐに炊飯器《すいはんき》を床に叩《たた》きつけたり、洗面所の鏡に頭突《ずつ》きをして割ったりするようになった。切れた額を怯《おび》えながら手当てする私に、俊明は詫《わ》びた。

「苛々《いらいら》すると体が勝手に動いて、どうしても我慢できないんだ。でも君を傷つけることだけは絶対にしないから、許して欲しい」

　俊明が初めて直接的な暴力を——寝ている私の背中を蹴りつけたのは、そのわずか三日後のことだった。

結婚前にはまったく気づかなかった俊明の抱える問題は、そうしてある時から突然表面化し、じわじわと私を押し潰《つぶ》していった。到底《とうてい》、一人で背負うことはできず、私はほどなく珠美に、俊明の暴力について打ち明けた。

二十代で離婚を経験しているせいか、珠美は私の生々しい告白を聞かされたあとも、落ち着いた様子だった。

「とりあえず、区でやってる無料相談に、行ってみようかと思うんです。それで、ああいう衝動を抑《おさ》えられるように、彼にカウンセリングを受けてもらおうかなって」

ぐずぐずと悠長なことを話す私に、珠美はきっぱりと宣告した。

「俊明さんの暴力癖は一生直らないわ。一日も早く別れた方がいい」

おそらく珠美は、この時点で私がすでに心の底では結婚生活を続けられないと感じていたことを、分かっていたのだと思う。

だからそれから間もなく私が離婚を決めた時には、離婚祝いだと言って、待ち構えていたように五件ものマンションの展示ルームの仕事を発注してくれた。

ディスプレイする家具やカーテン、カーペットや雑貨の手配を終えて一段落したところで、私の方からお礼を兼ねて珠美を食事に誘った。人気のフレンチレストランを予約してワインと料理を楽しみ、デザートが出てきたところで、珠美が《管理人》の話を持ち出したのだった。

「別れた旦那《だんな》さんと距離を置くためにも、東京を離れた方がいいと思うの。山荘の管理人なんて百合子さんには退屈な仕事かもしれないけど、静かだし、前に言っていたインテリアデザインの勉強をするのにも、持ってこいだと思うわ」

リンゴのムースを華奢《きゃしゃ》なスプーンで掬いながら、珠美はそう提案してくれた。珠美の申し出は、私にはとてもありがたかった。

仕事に未練がないわけではなかったが、幸い、事業の方はすでに私がいなくても、部下たちで回せるようになっていた。

そしてその時の私にとっては、俊明から逃げることが、何より先決だった。

やっとのことで俊明に離婚を承諾《しょうだく》させ、役所に届を出したあと、私はひとまず横浜《よこはま》の実家に身を寄せていた。俊明はその元妻の実家に、当然のように訪ねてきた。

「洗濯機《せんたくき》の使い方が分からなくて。百合子にメールしたんだけど、アドレスが変わってるみたいだから、直接聞きにきたんです」

玄関先に出た父に、俊明は真顔で言ったそうだ。翌日、仕事で顔を合わせた珠美にその話をすると、珠美はため息をついて苦い顔になった。

「暴力を振るう男ってね、そもそも妻を一人の人格として認めてなくて、自分の所有物だと思ってるの。離婚してもその意識が変わらないから、ストーカーになりやすいのよ」

言ったあと、珠美は何か考え込むように唇《くちびる》を噛んでいた。きっとあの時には、私に管理人の仕事を紹介するつもりでいたのだろう。

私は珠美の心づかいに感謝し、甘えさせてもらおうと決めた。実際、あのあとも俊明は他愛《たわい》のない用事で何度も実家に電話をかけてきたし、家までやってきたこともあった。俊明から逃れる手段として、珠美の提案は最良ともいえる方法だった。そうして逃げるしかないのか、と悔しく思う気持ちはあったが仕方がなかった。

レストランの他の客たちに注目されながら深々と頭を下げた私に、珠美は気にしなくていいのよと笑いつつ、さらりと打ち明けた。

「私の前の夫も、暴力を振るう男だったの。離婚したあともしつこく付きまとってきたけど、木刀で正中《せいちゅう》狙って思い切り寸止めの素振《すぶ》りしてやったら、二度と来なくなったわ」

――あれから約一年。私は東京を離れ、この長野の山荘で管理人として暮らしてきた。

慣れない生活の苦労もあったし、不便もあったが、それでも静かに安心して過ごす日々は、私にとって大切なものだった。

そのささやかな幸せが、壊されようとしている。

キビタキの声が一段と高くなった。幼鳥が親を呼ぶために激しく鳴き、親がそれに応《こた》えている。いつも微笑《ほほえ》ましく聞いていたその鳴き声が、今は耳障《みみざわ》りでしかない。

すべては五日前に隣家にやってきた、龍次郎という名の土佐犬のせいだった。

あの吠え声に眠りを奪われただけではない。もはやそのことは問題ではなかった。

龍次郎はおそらく、ある意図のもとに、この山の中の別荘地に連れて来られていた。それに気づかないふりをして、目をつぶることはできなかった。

龍次郎をこのままにしておけば、私は俊明からだけでなく、自分からも逃げることになる。その事実は私の心を砕き、修復できない傷を残すだろう。

ゆっくりとベッドから降りると、窓を大きく開ける。森特有の濃く湿った空気が、かすかな獣の匂いを含んで、ぬるりと入り込んできた。

龍次郎を、殺そう。

それしか方法はないと思えた。

私は緑色の窓枠に手をかけたまま、木立《こだち》の向こうの龍次郎の檻を、そうして長い時間、見下ろしていた。

二

いつの間にか、雲が夜空を覆《おお》い、檻の中は完全な暗闇となっていた。

あれから何度か目が覚めたが、体を起こそうとは思わなかった。

生ぬるく湿った土の上で目を閉じたまま、私は管理人として山荘へ来たばかりの頃のことを思い出していた。死を目の前にしているためか、その記憶はやけに鮮明だった。

あの日、珠美の案内で初めてこの地を訪れた時は、こんな恵まれた環境で何にも煩《わずら》わされることなく生活できることに感激したものだ。

想像していた以上に山荘の敷地は広く、庭だけでテニスコート二面分はあろうかというほどだった。それに建物も、山荘というよりペンションと呼んだ方がいいような、可愛《かわい》らしい外観だった。

鮮やかな緑の切妻《きりづま》屋根と白い板壁の二階建てで、おそらく赤毛のアンの《グリーン・ゲイブルズ・ハウス》をモデルとしているのだろう。屋根と同じ色の窓枠の飾《かざ》り縁《ふち》も、子供の頃に読んだ本の挿絵《さしえ》にあった家とそっくりだった。

積雪に備えてか、玄関は地面より一メートルほど高く作ってあり、階段を数段上がったところが半畳ほどのウッドデッキになっている。その隅には珠美からの一足早いプレゼントらしい、クリスマスの飾りつけをされたもみの木の鉢が置かれていた。

「寝室は二階の屋根裏風の部屋よ。内装は馬鹿旦那の趣味で、ヴィクトリアン・スタイルにされちゃったけど」

本当はカントリー・スタイルが良かったと口を尖《とが》らせる珠美に苦笑しながら、私は胸の奥がじわりと疼《うず》くのを感じた。

それは珠美の強さへの、嫉妬《しっと》のようなものだった。

夫から暴力を振るわれ離婚するという同じ経験をしながら、私と珠美とでは、その内面に大きな違いがあった。

離婚後に付きまとってきた元夫を、自分の力ではねのけた珠美。

実家に訪ねてくる元夫と顔を合わせることができず、いつも自室に籠《こ》もり、両親に応対させていた私。

俊明からかかってきた電話にも、出ることができなかった。声を聞くと、暴力を振るわれた時のことを思い出し、全身が震えてくるのだ。

私は俊明の暴力に、一切《いっさい》抵抗できなかった。

学生時代に武道に打ち込んだ経験など、なんの役にも立たなかった。赤く充血した目に睨《にら》まれ、荒々しい声で名前を呼ばれただけで、金縛《かなしば》りにでも遭《あ》ったように体が動かなくなった。何をされても、何を言われても、従うことしかできなかった。私は俊明の暴力に直面して初めて、自分のそうした本質を知った。

一人前の大人として働き、努力して顧客《こきやく》の満足を得られる仕事をし、自分の事務所を起《た》ち上げた。結婚前に抱《いだ》いていた自分への誇りは、すべて崩れ去った。

普通なら気後《きおく》れするような珠美の提案を素直に受け入れたのは、俊明から逃げ出すためだけではなかった。東京を離れて別の環境に身を置くことで、そんなみじめな自分と向き合うことからも、逃れられると思ったからだ。

地面の擦《こす》れる音で、龍次郎が身動きをしたのが分かった。目を開けると、太く垂れた尾が左右に動いて土を撫でている。相変わらず柵に体を預けるように伏せたまま、大きな前足の上に顔を乗せて、龍次郎は暗闇の中の何かを見ている。いや、何かを聴いているのかもしれない。

なぜか龍次郎が、この夜に限ってまったく吠えようとしないのが不思議だった。

＊

珠美の山荘はいわゆる軽井沢《かるいざわ》の別荘密集地からは外れたところにあり、隣家と呼べるのは庭を挟んで十メートルほど離れた敷地に建っている広い邸宅だけだった。

そこは地元で貿易会社を経営する結城《ゆうき》という資産家が、別宅として使っているものだという。年に数回、主人が客人を招待することはあったが、その頻度《ひんど》も最近は減っているらしく、珠美も近年はまったく顔を合わせていないとのことだった。

「一人でこんなところに住むのは寂しいかもしれないけど、私がしょっちゅう遊びにきてあげるから。あと、護身用のお守りを物置に入れておいたから、もしもの時には使ってね」

明るく励《はげ》ますように言って珠美は東京へ戻って行ったが、一人の生活が性《しょう》に合っていたのか、これまで寂しいと感じたことはなかった。それに毎日それなりにやることがあって、退屈もしなかった。この仕事を始めると決まった時に軽《けい》の四駆を買ったので、それで街に買い出しに行ったり、天気の良い日には有名な白糸《しらいと》の滝を観に行ったりもした。

ちなみに珠美のくれた《お守り》は木刀だったが、もちろん使う機会はなかった。

管理人の仕事と言っても、せいぜい週に一度、使っていない予備室の掃除《そうじ》をして庭の整備をするくらいだが、この庭仕事が私にとって、意外と楽しい作業だった。

敷地の周囲には、目隠しのように柵に沿ってカラマツや紅葉《もみじ》、銀杏《いちょう》などが植えられていて、ここにやってきた時はちょうど紅葉の時期だったので、色とりどりの葉を掃《は》き集めるのが日課になった。その中から傷のない葉をいくつか取っておき、年末に珠美が訪れた時には、手作りのクリスマスリースを作って出迎えた。

ここは長野でも積雪は少ない地域らしく、冬場でも水道管の凍結《とうけつ》にさえ気をつけていれば、不自由なく生活できた。雪は数回積もったが、放っておけば解けてしまう程度で、せっかく買った雪かきのスコップは使わなかった。ただ、寒いのは苦手なので買い出しに行く以外は家に籠もり、本を読んだり、家具のデザインの勉強なんかをしていた。

春になると、私は玄関前の花壇にカンナや金糸梅《きんしばい》、グラジオラスといった鮮やかな黄色の花ばかりを植えた。やり過ぎかとも思ったが、きっと屋根の緑色に映《は》えてきれいだろうと思ったのだ。実際、先月の初めに遊びに来た珠美は、そのコントラストに頬を紅潮《こうちょう》させてため息をついていた。

そんな穏《おだ》やかな日々が過ぎて盛夏を迎えようとしていた時、《あれ》はやってきたのだ。

私は先週から、庭の空き地に家庭菜園を作ろうと思い立ち、土や煉瓦《れんが》ブロック、ニンジンの苗や種イモを買うために、毎日のように街のホームセンターに通っていた。

荷物を積み込んで重くなった軽自動車で細い山道を登って行く途中で、珍しくバックミラーに後続車が映り込んだ。

こんな奥の方まで車が入ってくることは、ほとんどなかった。しかもそれは、大きな二トントラックだった。

トラックは隣家の邸宅の方へと曲がると、スピードを緩《ゆる》めて停《と》まった。昨年の秋に山荘に住み始めてから、この家の持ち主と顔を合わせたことはまだなかった。もしかしてこれからしばらく滞在する予定で、新しい家具でも運び込もうとしているのかもしれない。主人が来ているのなら挨拶《あいさつ》をした方がいいだろうと、駐車場に車を入れたあと、すぐに隣家へと向かった。

トラックは邸宅の正面に設えられた立派な真鍮《しんちゆう》製の門の前に停められていた。見ると二人の若い作業員が荷台の方へ回り、意外なものを降ろしている。

それは畳一畳分はあろうかという、スチール製の波板の屋根だった。荷台に立て掛けるようにして、同じ大きさの屋根がもう三枚並んでいる。さらに荷台の上には、何十本という黒い金属の棒が積み上がっていた。

重すぎてそのままでは運べないのだろう。荷台の奥から台車が降ろされ、一人が押し、一人が荷物を押さえながら、庭へと運び入れていく。よほど重厚な金属を使っているのか、作業員たちは額に汗を浮かべてやっとのことで金属の棒を台車に乗せて、トラックと庭とを行き来していた。

ようやくそれらが巨大な檻の部材だと気づいたのは、庭の一画で作業員たちが組み立てを始めてからだった。

「どうも、お世話になります」

呆気《あっけ》に取られて見守っていると、突然、背後からしわがれた声がして、飛び上がりそうになる。

振り返ると真っ白な坊主頭の小柄な老齢の男が、首に提《さ》げたタオルで額の汗を拭《ふ》きながら会釈《えしゃく》をした。トラックから少し離れたところに、いつの間に着いたのか黒い高級車が一台停まっている。私も慌《あわ》てて挨拶を返す。

「初めまして。隣の篠岡の山荘を管理している者です。結城様でいらっしゃいますか?」

私の問いに、いやいや、と手を振って老人は答える。

「自分は結城家の使用人で、田中《たなか》と申します。結城はしばらく前から体を壊しておりまして、もう何年もここへは来ていないんですよ」

すると、今運ばれてきた檻は、なんのためのものなのか。私は当然の疑問を口にした。

「実はですね、結城の本宅の方で長年飼っていた犬を、事情があってこちらに移すことになりまして」

言いにくそうに田中が口を開く。どういうことだろう。私が首を傾《かし》げているのを見て、田中が説明を補足した。

「元々は結城が飼っていた犬なのですが、結城がこのたび、特養ホームに入居することになりまして。家や会社の方は代替わりして結城の長男が取り仕切っているのですが、その長男の意向で、この犬も歳を取りましたし、自然に囲まれた静かな環境で暮らす方がいいのではないかということになりまして」

「はあ……では、こちらにご長男が引っ越して来られるということですか」

私の問いに、田中は慌てたように首を振る。

「いいえ、それでは会社の業務に差《さ》し支《つか》えますので、犬だけをこちらに移すという形です。私も本宅の方で仕事があるので、ここで一緒に住むわけにはいかないんですが、一応毎日、世話をするために通うことにはなっていますので」

やっと状況を理解して頷《うなず》きながらも、嫌な予感がしていた。あの檻のサイズからすると、おそらくその犬というのは大型犬だろう。

「犬種はなんですか？」

「ええと、種類はですね、土佐犬になります」

田中はタオルで顔の汗を拭きながら、先ほどよりもさらに言いにくそうに答えた。

三

隣の敷地でどんな犬を飼おうが、こちらが口を出す筋合いはない。

しかしその夜は、珠美に電話して愚痴《ぐち》をこぼさずにはいられなかった。

「それは、飼うなとは言えないですよ。でも土佐犬って、闘犬のあの大きいやつでしょう？　使用人のおじいさんって凄《すご》く小柄だし、散歩なんかさせられるのか心配ですよ」

自宅のマンションでゴールデンレトリバーを二頭飼っている珠美は、私の心配を笑い飛ばした。

「長年飼われていたってことは、もちろんきちんとしつけられているってことよ。土佐犬って怖そうなイメージだけど、よく見ると愛嬌《あいきょう》のある顔してるわよ」

「そうですか？　お愛想《あいそ》で犬の名前を聞いたんですけど、《龍次郎》って言うんですって。愛嬌があるとは思えない名前でしょう」

大げさにため息をついて言うと、珠美は受話器の向こうで「きっと超イケメンね」と笑い転げた。

――数日後、白いバンの荷台から降ろされた龍次郎は、門前で様子を窺《うかが》っていた私を見るなり後ろ足で立ち上がり、頭に響くような吠え声を立てた。真っ黒いゴムのような唇から垂れた涎が、ぼたぼたと地面に落ちる。

土佐犬の体長は大きくても一三〇センチほどだと珠美から聞いたが、そうして立ち上がっている姿を見ると、小柄な私よりも大きく見える。足や腰回りの太さからすると、体重は確実に向こうの方が重いだろう。

今日は使用人の田中の姿は見えなかった。運搬を頼まれたらしい分厚い手袋をはめた作業服の男たちは、二人掛かりで龍次郎を檻に引きずっていくと、そのまま帰ってしまった。

悪夢が始まったのは、その日の夜からだった。

檻に繋がれた龍次郎は、辺りが暗くなってしばらく経つと、低い唸り声を上げ始めた。心細くて鼻を鳴らすといったような可愛らしいものではない。離れて聞いていても心許《こころもと》ない気持ちになるその声は、明らかに何者かに対して威嚇《いかく》をしていた。それがやがて、例の太く重い吠え声に変わる。しんとした林に、龍次郎の吠える声は延々と響き続けた。

白々《しらじら》と夜が明ける頃に、龍次郎の声はやっと止んだ。私はベッドを抜け出すと、吠えられることを覚悟で隣の邸宅へ向かった。

昨晩のあれは、普通の状況とは思えなかった。龍次郎はもしかしたら、何か怪我や病気をして、苦しんでいたのかもしれない。

龍次郎の檻は広い庭の隅の、胸の高さの生垣から覗《のぞ》ける位置にあった。

ここへ着くまで、砂利道《じゃりみち》を歩いてきたのだが、その物音にも龍次郎はぴくりともせず、檻の中で丸くなっていた。だが注意深く見ると、腹の辺りが規則的に動いている。

生きていることに安堵《あんど》しながら、小声で「龍次郎」と名前を呼んだ。垂れた耳が面倒そうに片方だけ動いた。

——寝ているのだ。おそらく、一晩中唸ったり吠えたりしていたせいで、疲れて動けないのだろう。

ただ、檻の手前にある水入れが乾いていることが気になった。隣の餌《えさ》入れも空になっている。与えた餌や水が少なすぎて、空腹や喉の渇きを訴えて吠えていたのだろうか。

もっとよく様子を見ようと爪先立《つまさきだ》ちになった時、突然後ろから肩に手が置かれた。

「何をしておられるんですか」

聞き覚えのある声に、悲鳴を上げるのをこらえて振り返った。小柄だが肩幅が広くがっしりとした体格の男——結城家の使用人の田中が、鋭《するど》い目で私を睨んでいる。

ちょうど世話をしに来たところだったのだろう。私は田中に、昨晩の龍次郎の状況を語った。一晩中、吠える声がしていた。どこか具合が悪いのではないか。それでなければ、餌や水が足りないのではないか、と。

私の言葉に、田中は表情を変えずに首を振った。

「ここへ連れて来る前に、ちゃんと獣医の健診を受けています。そういうことはないでしょう。餌も水も、昨日たっぷり与えてますから」

その時、目を覚ましたらしい龍次郎が、のそりと体を起こした。低く唸りながら、私の方へ頭を向ける。剝《む》き出された牙は薄く黄ばみ、涎が糸を引いて落ちる。まるで絵本で見た狼《おおかみ》のように、鼻の上に皺《しわ》が寄り、唇がめくれ上がっていた。

思わず後ずさると、田中は強張《こわば》った顔で素早く生垣の前に立ち塞がった。

「龍次郎は用心深い性格ですから、知らない人間を警戒するんです。ですから絶対に、この檻の近くには寄らないでください。何かあって責任を取らされるのは、こっちなんですから」

体の横で手を広げた、まるで龍次郎の姿を見せまいとするような田中の仕草に、違和感を覚えた。だが、そうまで言われては、その場を立ち去るしかなかった。

＊

——あの時、引き下がらずに龍次郎の異変について強く訴えていたら、こんなことにはならなかっただろうか。

さっきよりも、地面が冷たく感じる。体が冷えてきているのかもしれない。

首だけを動かして、龍次郎の方を見た。檻の中には、鎖が擦れる音が響いていた。

震える足を突っ張っては、絡まった鎖を外そうとする。しかし爪が滑《すべ》るのか、その場にすぐに倒れてしまう。初めてここへ連れて来られた時には、後ろ足だけで立ち上がるほど元気だったのに、まるで足腰の立たない老犬のようだ。

やはり私は追及すべきだったのだ。

龍次郎は狂犬病に罹《かか》り、それを周囲に隠すためにここへ連れて来られたのではないか、と——。

四

龍次郎を、殺す。

そう決断したあと、私は園芸用のシャベルや鍬《くわ》を仕舞《しま》ってある庭の物置に向かった。その奥に、護身用にと珠美に押しつけられたものの、使うことのなかった木刀がある。

龍次郎が狂犬病かもしれない、という推測は、私一人だけで考えたものではない。

様子がおかしいと気づいてから、私は毎日、田中に見つからないように龍次郎の様子を見に行った。水入れはいつも乾いていて、餌入れも空っぽだった。なぜ龍次郎は水や餌を与えられないのか。そして毎晩続く唸り声や吠え声だ。夜中、ひそかに檻の中を覗くと龍次郎は涎を垂らしながら狂ったように檻の中をうろうろと歩き回り、何もいない暗闇に向かって威嚇をしていた。

犬の病気について、私はインターネットを使って調べた。そして狂犬病の症状に《恐水《きょうすい》症《しょう》》と呼ばれる症状があることを知った。これは喉の麻痺《まひ》による嚥下《えんげ》障害が原因で、人の場合はそれによって水を恐れるようになることから、このような名前がついたそうだ。犬の場合は人のように水自体を恐れることはないものの、やはり喉が麻痺して、ものを飲み込むことができなくなるらしい。餌と水が与えられないのは、きっとそれが理由なのだ。

そう思い至った私は、すぐに珠美に相談した。

珠美は最初、今の日本で狂犬病に罹るなんてあり得ない、と否定した。

「でも、海外からウイルスが入ってくることもあるんですよ」

私はあるニュースサイトで、近年の狂犬病についての情報を得ていた。

狂犬病ウイルスは日本では駆逐《くちく》されているが、海外にはいくつもの発生国がある。アジアやアフリカ、中南米では犬がウイルスを保有しているが、アメリカではコウモリやマングースといった野生動物が媒介《ばいかい》となっているのだという。

「結城さんは、貿易会社を経営されているんですよね。例えば海外から輸入した荷物の中に、ウイルスを保有する動物が紛《まぎ》れていて、その動物に龍次郎が噛まれてしまったのかもしれません」

「確かに、可能性がないとは言い切れないけど……でも龍次郎って、長年飼っていた犬でしょう。大切にしていた飼い犬なのに、どうして獣医に診《み》せないのよ」

「狂犬病は、発症してしまえば致死率《ちしりつ》は百パーセントなんです。命が助からないものを医者に連れて行って、それで狂犬病ウイルスを日本に持ち込んだなんてことになれば、もちろん責任を問われるし、その評判が広がれば会社が傾くに決まっています。だったら周りに人の居ない山奥に連れて行って、他の動物や人間に接触しないよう檻に入れたまま、死なせてしまおうと考えたんじゃないでしょうか」

私の言葉に、珠美は黙り込んだ。ややあって、震えた声で異議を唱える。

「私だって経営者だけど、でも可愛がってきた飼い犬を、苦しみながら孤独に死なせるなんて、考えられないことだわ」

悲しげな珠美の反論を、私は打ち砕いた。

「飼い主の結城さんは今、施設に入られていて、会社の経営や家のことの決定権は息子さんにあるんです。龍次郎を山奥の別宅に移す決断をしたのは、その息子さんですよ」

珠美は、保健所に連絡するべきだと言った。そして私に、絶対に屋内から出ないように忠告した。

「もし万が一、何かあって龍次郎が檻から逃げ出したりしたら、大変なことになるわ。保健所の人が来るまで、絶対に家に籠もっていて。お願いだから」

「ええ、もちろん、そうするつもりです」

会話を終えたあと、私は珠美の切実な声を無視し、木刀を手にして隣家へ向かった。

途中、何度か素振りをしてみたが、高校時代とは比べものにならないほど重く感じた。

龍次郎を前にして、昔のようにきちんと打つことができるだろうか。

私は、犬が好きだ。

子供の頃に、実家で柴犬を飼っていた。私が生まれた時に、父がもらってきた犬だった。好きだった映画から取って《ジロウ》と名付けたその犬は、私が中学に上がった年に、腎臓《じんぞう》に腫瘍《しゅよう》ができて、数週間にわたる長い苦しみののちに死んだ。当時の獣医は、鎮《ちん》痛剤《つうざい》や麻酔《ますい》を使う処置に積極的ではなかった。

狂犬病に罹った犬は、最後に手足が麻痺して動けなくなるまで、苦痛にさいなまれる。どうせ助からないのなら、少しでも早く楽にしてやらなければと思った。

生垣の外から覗くことはせず、真《ま》っ直《す》ぐに門から敷地へと入った。今は龍次郎の声は聞こえない。疲れ切って寝ているのか。それとも、もう動けなくなっているのか。みっともないことだが、本音を言えば、私が手を下す前に死んでいてくれたら、というのが一番の望みだった。

しかし、龍次郎はまだ生きていた。

檻の手前側の柵に体をもたせかけるように地面に伏せていた龍次郎は、ゆっくりとこちらに顔を向けた。

鼻に皺を寄せて唸り声を上げようとするが、喉がか細く鳴っただけだった。

龍次郎の頭は、充分に木刀の届く範囲にあった。私は背筋を伸ばし、正面に立った。脇を絞り、左手は強く、右手は幾分力《いくぶん》を抜いて握《にぎ》り、真っ直ぐに腕を振り上げる。龍次郎は牙を剝き出したまま、私を見ていた。

一度で終わらせよう。

狙いを定めてから、最後に龍次郎と目を合わせた。丸く大きな目は、黒く濡れていた。

*

檻の外は、もう薄明るくなりかけている。

あれから一時間近くも経つのに、龍次郎はまだ、必死に鎖を外そうと背中を丸めていた。

檻の中の龍次郎と向かい合ったあの時、私は躊躇《ちゅうちょ》した。木刀をその場に放り捨て、龍次郎に走り寄った。

もしかして私は、とんでもない勘違いをしていたのではないか——。

そして龍次郎のそばにしゃがみ込んだ時に、突然、背後から側頭部を殴られたのだ。

「——龍次郎。もう、やめようよ」

そんな言葉が、口をついて出た。

暗く冷たい檻の中で、私は諦めていた。

暴力を振るわれたら、諦めるしかないのだ。

立ち向かうのは怖い。もっと殴られるかもしれない。殴られるより酷いことを、されるかもしれない。

頭を殴られた瞬間、そんなはずはないのに、私は俊明にやられたのだと思った。

また酷いことをされるのだと、怖くて、目を強く閉じて、その場にうずくまった。

そうして、気を失ったふりをした。

私を殴った小柄な人物が、私の脇の下に手を入れ、檻の中へと引きずって行くのを、体の力を抜いて目を閉じたまま、ただ感じていた。されるがままに。

暴力の前で、私はまた、負け犬になるしかなかった。

「やめようよ、ねえ、龍次郎。もういいじゃない。あんた、何がしたいのよ」

立ち向かうのをやめない龍次郎の姿を見るのが、辛かった。私は肩に力を込めて地面を手で押すと、体を起こした。

「あいつが来たら、どうせ殺されるんだよ。もう痛いのも、苦しいのも嫌でしょう」

龍次郎は黙々と、背中を丸めて足を突っ張り続ける。

「やめてって言ってるじゃない！」

私は立ち上がると、後ろから龍次郎に飛びついた。

驚いた龍次郎は体を捻《ひね》り、私の腕を咬んだ。鋭い痛みが走ったが、構わず龍次郎の鎖を摑む。複雑に絡まった鎖は解けそうになかった。私は両手で鎖を握り締めると、龍次郎がそうしたかったように両足を踏ん張り、力いっぱい引いた。

龍次郎とともに、弾《はじ》かれたように後ろへ転がった瞬間、私は信じられないものを見た。

鎖が絡んでいた金属の太い棒が、まるで飴《あめ》のように、ぐにゃりと曲がって外れたのだ。

五

「本当に、なんてことするのよ、あなたは！」

その日の夕方、知らせを聞いて新幹線とタクシーで長野の山荘に駆けつけた珠美は、私の顔を見るなり怒鳴りつけた。

私は昼間のうちに病院で治療を受け、頭にネット包帯を被った間抜けな姿で彼女と対面することになった。

「結果、そんなに大事《おおごと》にはならなかったんですから、いいじゃないですか」

なんとか取り成《とな》そうとしたが、珠美の怒りは収まらなかった。

「保健所に連絡しなかっただけじゃなく、一人で檻に近づいたなんて、信じられない」

珠美は腰に手を当てて仁王立《におうだ》ちし、リビングのソファーに座る私を鬼のような形相《ぎょうそう》で見下ろしている。

「保健所には、言う必要なかったんですよ。だって龍次郎は、狂犬病じゃなかったんですから」

龍次郎の鎖を引いた時、咬まれても躊躇をしなかったのは、龍次郎が狂犬病ではないと信じていたからだ。

木刀を構え、向き合った時に見た龍次郎の目は、黒く澄《す》んでいた。インターネットで調べた狂犬病の症状のページには、狂犬病に罹った犬の目は充血して濁《にご》るとあった。素人《しろうと》の私には、目を見ただけで狂犬病かそうでないかの判断はつかなかったが、とにかく木刀を振り降ろすことは、できなかった。

はっきりと狂犬病ではないと確信したのは、檻の中で私が放った種イモを、龍次郎が食べた時だ。あれで嚥下障害など起きていないことが分かったのだ。

だから私はあの曲がって外れた檻の柵を見て、龍次郎を連れて檻から抜け出すことを決めた。外れた柵の隣の棒も、両手で握って力いっぱい引っ張ると、同じようにぐにゃりと曲がって外れてしまった。

なんとかその隙間から脱出し、龍次郎を引っ張り出そうとしたところで、背後で砂利を踏む音がした。

「あんた、どうして外に――」

振り返ると、野良《のら》仕事でもしに来たように首からタオルを提げ、右手に大きなシャベルを抱えた田中が、呆然《ぼうぜん》とこちらを見ていた。

檻の柵が外れているのに気づいたのか、田中は目の色を変え、早足でこちらに向かってきた。シャベルを両手で振りかぶり、野球のバットのように構えている。

私はそばに転がっていた曲がった檻の柵を苦労して持ち上げると、両手で握り締めて正面に構えた。木刀があれば良かったのだが、私が持って来たものはどこかへ行ってしまったようだ。こんなに重い棒で人間を殴って大丈夫かと、心配している余裕はなかった。

田中は私が武器を取ったことにたじろいだ様子で、一度足を止めた。しかし、女に負けることはないと考えたのだろう。そのまま、じりじりと距離を縮めてきた。

私の武器ではおそらく《受け》はできない。だから先に打たせるつもりはなかった。棒が曲がっているせいで距離が読みづらかったが、田中が私の間合いに入った瞬間に動いた。

驚いた田中が左上からシャベルを振り降ろしてきたのを、大きく左足を出すと同時に腰を切って、半身になって避ける。重いシャベルを振り切った反動で、田中は大きく体勢を崩し、右の脇腹が空《あ》いていた。

右足を引いて真っ直ぐ田中へ体を向けると、そのまま目の前の、がら空きの胴を打ち上げた。田中の手からシャベルが飛んで、がらんと地面に落ちた。田中は息が詰まったような苦しげなうめき声を上げ、顔を真っ赤にして右脇腹を押さえ、地面に丸まっている。あのインパクトで肝臓《かんぞう》を捉《とら》えたのなら、起き上がって襲ってくる心配はなさそうだった。

私は念のため、田中の首のタオルとズボンのベルトを外して手と足首を縛ると、悠々と山荘に戻って一一〇番したのだった。

「結局、結城の息子が龍次郎をここに運ぶように指示したのは、狂犬病を隠すためなんかじゃなくて、脱税がばれないようにするためだったんですよ」

私は珠美に、この一連のできごとの真相を告げた。

そしてあの檻こそ、脱税で作った《隠し財産》だったのだ。

異常に重かったあの金属の柵は、純金に混ぜものをして表面をメッキし、それと分からないように加工したものだったらしい。純金はそれ自体では柔らかすぎるので、アクセサリーなどにするには強度を増すために銀を混ぜると聞いたことがあるが、あの簡単に曲がった柵は銀よりも安価な、強度の低い金属を混ぜたものだったのだろう。

取り調べに来た地元の警官からのちに聞いた話だが、税務署の査察が入るという情報を得た結城の息子は、父親の作った隠し財産が見つかることを恐れ、あの檻を隠すことにした。そのため、父親の代からの使用人の田中に命じて、龍次郎とともに別宅である山奥まで運ばせたわけだ。

聞くと田中は、毎日檻の様子を見に来てはいたものの、龍次郎に餌や水をやったり散歩をさせたりといった世話を、あえてしなかったらしい。先代の主人の結城に恨みがあったとかで、可愛がっていた飼い犬を苦しめてやりたかったというのが、その理由だそうだ。

胴だけでなく、小手《こて》や面も打ってやれば良かった。

龍次郎が夜中に吠え続けていた原因は、自身も屋外で犬を飼っているというその地元の警官が笑いながら教えてくれた。

「この辺りは、夜になると狸《たぬき》やハクビシンが出るんです。自分の餌を狙われてると思って、犬は吠えるんですよ。まあ、臆病で怖がって吠える犬もいて、うちのはそれなんですがね」

龍次郎がどちらの理由で吠えていたのかは分からない。だが、ずっと街の住宅地で飼われてきた龍次郎が、突然野生動物に囲まれるような環境に置かれたのだから、きっととても恐ろしかったと思う。

だが、龍次郎は牙を剝くことをやめなかった。

餌も水も与えられず、弱り切っても、生きようと立ち向かうことをやめなかった。

「あんた、偉《えら》いやつだね。本当に」

ソファーの足にリードを繋がれ、ラグマットの上に気持ち良さそうに伏せている龍次郎の鼻先に、珠美が持ってきてくれた特製のジャーキーを持っていく。私の指を咬まないようにか、龍次郎はそろそろと口を開けてそれを咥《くわ》えた。

「百合子さん、管理人やめて、東京戻ってきても大丈夫じゃないの？　その豪胆《ごうたん》ぶりだったらさ」

台所で夕飯の準備をしながら、珠美がからかうように言った。そろそろ仕事に戻りたい気もするし、そのことはゆっくり考えようと思う。

「龍次郎、一緒に東京で住む？」

元々の主人だった結城はすでに特養ホームで寝たきりの状態で、龍次郎の所有者である結城の息子は脱税で逮捕されることになる。一応の世話係だった田中は、脱税の幇助《ほうじょ》と監禁と殺人未遂《みすい》で、しばらくは戻ってこないだろう。

手を伸ばし、だぶだぶの頰を撫でるが、食べ物に夢中の龍次郎はこっちを見ようともしない。大きな両前足で小さなジャーキーを抱え込みながら齧《かじ》る姿は、確かに愛嬌があって、私はなんだか満ち足りた気持ちになり、その様子をずっと眺めていた。

鼠《ねずみ》の家

一

「ねえ、どうしてあんなことしたの」

できるだけ柔《やわ》らかく尋《たず》ねたつもりだったが、返事はなかった。

母は身を縮めてうつむいたまま、黒く汚れた手をタオルで拭《ぬぐ》っている。茶簞笥《ちゃだんす》の上に置かれた時計に目をやると、午前一時になろうとしていた。

和室に立ち込めた線香の匂いに、雨の匂いが混じっていた。ぱらぱらと水粒《みずつぶ》が庭木を叩《たた》く音が、かすかにしている。母を連れ戻した時に、縁側のサッシを閉め忘れたようだ。

「戸、閉めてくるから、ちょっと待ってて」

母はかすかに頷《うなず》いた。立ち上がったついでに、座椅子《ざいす》の背に無造作《むぞうさ》にかけられていた黒いワンピースをハンガーに吊《つ》るす。

客間のテーブルはひと通り片づいているが、栓抜きやおしぼり、割《わ》り箸《ばし》の紙袋があちこちに散らばっていて、グラスの形にいくつも丸い跡が残っている。仕出し料理の空《あ》き皿《ざら》やビール瓶は、部屋の隅に集めたままになっていた。様子を見に来て良かった、と思う。

母は昔から、きちんと始末をつける人だった。

出したものは、仕舞《しま》いなさい。汚れたものは、拭《ふ》きなさい。要《い》らないものは、捨てなさい。片づけるということは、責任を取るということなの。

臨床《りんしょう》検査技師として忙しく働き、二人の娘を育てながらも、家の中は整頓《せいとん》され、いつもきれいに保《たも》たれていた。入院した父を毎日のように見舞っていた頃も、そうして看取《みと》った日も、この家が乱れたことはなかった。

口には出さなかったが、やはり母は、動揺していたのだ。

「なんで遥《はるか》に会わせてあげなかったのよ。兄さん、あんなに可愛《かわい》がってたのに」

昼間、四十九日の法要を済ませたあとの会食の席で、叔母《おば》が放った一言。

発端《ほったん》は、父の思い出話だった。まだ小学校に上がる前の遥に、父はよくおかしな冗談を吹き込んで怯《おび》えさせたのだ。この家の屋根裏や縁《えん》の下には、鼠《ねずみ》がいっぱい住んでいるんだ、なんて話を。遥は、お母さんがお掃除《そうじ》してるのにそんなはずないと泣き出した。参列してくれた従兄弟《いとこ》たちがそんな他愛《たわい》のない話をしていたところで、叔母が母に嚙《か》みついた。以前から、自分より学歴の高い母を目《め》の敵《かたき》にしている人だった。

「しょうがないじゃない。出てってから、ずっと連絡が取れないままなんだもの」

取《と》り成《な》そうとしたが、私の顔も強張《こわば》っていただろう。十年前、妹の遥がこの家を出て行った原因は、私にあった。

「高校出たばっかの女の子が、そんな遠くに行けるはずないのに。どうせ真剣に探そうとしなかったんでしょ。あんたたち、遥だけ血が繋《つな》がってないからって、ずいぶん辛《つら》く当ったそうじゃない」

意地悪く笑いながら、叔母は空《から》になったグラスを母の方へ突き出した。無表情でビールを注《つ》ぐ母の手が震えていた。

ひやりとした空気が足の間を抜けて、我に返る。やはりサッシ戸は開いたままになっていて、夜風で雨が吹き込んだものか、廊下が濡《ぬ》れて光っていた。引き手に指をかけたところで、思い直して踏石の上のサンダルを突っかける。明るくなる前に、あれを片づけておかなければならない。

ぬかるんだ庭の土に足を取られないよう、注意深く家の角の方へ歩を進めた。塀《へい》の外はすぐ道路になっている。あのままにしておいては誰に見られるか分からない。不意に振動とともに、低いエンジン音が近づいてきて首をすくめた。ヘッドライトが一瞬だけ雨の粒を浮かび上がらせ、そのまま走り去った。近所の人ではなさそうだ。

母が持ち出した脚立《きゃたつ》はアルミ製で、思いのほか軽かった。両手で支えてゆっくりと地面に倒す。関節を固定する金具を、音がしないよう気をつけて外した。そろそろと二つ折りにして、物置に片づける。周囲を見回すが、相変わらず辺りは真っ暗で、雨の音以外聞こえない。

　これで大丈夫だと安堵《あんど》しながらも、疑問は解けないままだった。

　母はなぜ、あんなことをしたのだろう。遥のことで平静を失っていたとしても、それがどうして、ああいう行動に繫がったのか。

　夕方、親類たちが帰ったあと、残って会食の片づけを手伝うつもりだった。だが母は自分だけで大丈夫だからと断った。妙に頑《かたく》なな態度だったが、きっと叔母に言われたことに傷つき、一人になりたいのだろうと思った。

　自宅に戻ったあと、別れ際の暗い表情が気にかかって、夜になってから電話をかけた。あの叔母さん、何か嫌味を言わないと気が済まないんだから。

　そんなふうに元気づけるつもりだった。だが母は出なかった。風呂にでも入っているのかと思ったが、そのあとも何度かけても繫がらなくて、心配になってタクシーを呼んだ。都内のマンションから埼玉の実家までは電車で四十分ほどで、終電には間に合う時間だった。

　一時間かけて実家に着いた頃には、天気は小雨から大粒の強い雨に変わっていた。家の明かりはついていたが、チャイムを鳴らしても出てこない。合鍵を使って入ると母の姿は見えず、呼んでも返事がなかった。不安な思いで二階へ上がろうとしたところで、頭の上で金属が擦《こす》れるような物音がした。雨の音にしては不自然だった。

庭に出て、音のしていた辺りに目を凝《こ》らした。暗闇の中で動くものの正体を知って、叫びそうになるのをこらえた。

「お母さん、どうしたの。危ないよ」

なんとか気持ちを落ち着かせ、声をかけた。動きを止め、振り向いた母の目は、異様な光を帯びていた。吐く息が白く、口元に浮かんでは消えた。

部屋着のスウェットが、雨に濡れて重たそうに細い体に貼りついていた。トタンに両手を突いて、這《は》いつくばるような姿勢で、肩を上下させて。

母は、屋根の上にいた。

二

脚立を片づけて和室に戻ると、母は濡れた服を着替えているところだった。肉の薄い小さな背中に、瘤《こぶ》のように肩甲骨《けんこうこつ》が突き出している。私の気配に気づいて振り向いた。

「泊まっていくんでしょう。お風呂、追い焚《おだ》きしたから」

普段と変わらない口調に、内心とまどいながらうなずく。

「急に来るから、驚いたわ。電話してくれればいいのに」

「かけたけど、出なかったじゃない」

「じゃあ、疲れて居眠りしてたんだわ。今日は忙しかったから。悪いけど、そろそろ休むわよ。こんな時間だし、あなたも早く寝なさい」

片手で首の後ろを揉《も》みながら、和室を出て行こうとする。

「雨漏《あまも》りがしていたから、直そうとしたんだけど、素人《しろうと》じゃ駄目ね。今度工務店さんに相談してみるわ」

母はこちらを見ないまま空々《そらぞら》しい声で呟《つぶや》いて、障子《しょうじ》を引いた。

雨漏りなんか、していないじゃない。

言いたかったが、唇《くちびる》が固まったように動かなかった。障子の桟《さん》をじっと見つめたまま、遠ざかる母の気配を感じていた。やがて拒絶《きょぜつ》するように、ドアを閉める音が聞こえた。

問い詰めたところで、答えてはくれなかっただろう。

諦《あきら》めて、そう自分に言い聞かせた。踏み込めなかった後悔を振り払うように手を動かす。

座卓の上に残ったごみを捨て、布巾《ふきん》で丁寧《ていねい》に拭いた。邪魔にならないよう、壁際に寄せて立てて置く。普段使わない折足のテーブルは畳んで押入れに仕舞う。乱雑に置かれたままになっていた座布団は五枚ずつ重ねて収納袋に入れていく。仕出しの皿を台所に運び、古い新聞紙で汚れを軽く拭ってからぬるま湯に浸《つ》けておく。流しには汚れたグラスや小皿が残されたままになっていたので、そちらも同じ種類のものをまとめて同じように湯に浸けた。そうしておいて、その間に和室を箒《ほうき》で掃《は》く。それが終わったら再び台所に戻って、汚れの少ないものから食器を洗っていく。

要らないものを捨てて、仕舞うものを仕舞う。そうやって片づけてから、汚れたところを掃除するの。きちんと段取りをして、順序良くやりなさい。部屋をきれいにすると、自分の心も整理されていくみたいでしょう。

小さな頃から母にしつけられて、体に染みついている。考え迷う時、片づけをするのが癖になった。

洗い終えた皿を拭いて重ねながら、頭には父と遥のことが思い浮かんでいた。

父が余命宣告を受けたのは、四か月前だった。背中が痛むというので病院に連れて行った時には、肺癌《はいがん》の末期だった。骨にまで転移していて、手術できないと言われた。小学校教諭《きょうゆ》として三十八年間勤《つと》め上げ、定年した矢先のことだった。

「全然怒んないし、授業も脱線してばっかで人気あったよ。先生が担任になってから成績落ちたって、ＰＴＡのママたちには受け悪かったけど」

中学生の時に、父が赴任《ふにん》していた小学校から来た子に、そう聞かされた。指導教諭が、父の最後の肩書だった。管理職試験に毎年のように落ち、いずれ受験すら勧《すす》められなくなったと笑いながら話していた。

努力のできない人だった。煙草《たばこ》も、やめると言いながら、最期《さいご》までやめられなかった。死ぬ前に、遥に会いたい。

もう長くないと分かってから、父がしきりにそう言っていたのは本当だ。

遥は、父がもらってきた子だった。

私が六歳の時だった。父の親友の夫婦が交通事故で亡くなり、五歳の遥が遺《のこ》された。夫婦には身寄りがなく、施設に預かってもらうしかないというのを、父が養女として迎え入れたのだ。

母はとまどいながらも、父の頼みを了承した。私を産んだ時に、癒着胎盤《ゆちゃくたいばん》のために子宮《しきゅう》を摘出《てきしゅつ》することになり、子供を作れない体になったことが決断した理由だったと、のちに聞いた。

ある時から急に妹になった遥は、同じように姉になった私に、なかなか懐《なつ》かなかった。

「お姉ちゃんのくせに、なんで私より背が低いの？」

初めて顔を合わせた時、大柄な遥は私を見下ろし、唇を曲げて言った。

こんな子と仲良くできるだろうかと不安になったが、一人っ子として育った私にとって、妹ができたことの喜びは大きかった。お姉さんぶって、おもちゃを貸してあげたり、絵本を読んであげたりした。最初は反発して、「そんなの要らない」とか「つまんない」と文句を言っていた遥だったが、一緒に暮らすうち、年の近い女の子同士、自然に二人で遊ぶようになった。

今思えば、遥は両親を失い、突然知らない家に連れて来られたのだ。その中で、自分の居場所を作ることに必死だったのだろう。もちろん喧嘩《けんか》もしょっちゅうだったが、そのたびに仲直りをし、私たちはだんだん姉妹になっていった。

遥は気が強い割にはよく泣く子供だった。庭の木に毛虫がいたとか、同級生の男の子にランドセルを叩かれたとか、そんなことで大きな丸い目に涙をあふれさせた。

父は遥が泣き出すといつも、私にはしたことのないような甘ったるいしゃべり方で慰《なぐさ》めた。あぐらをかいた膝《ひざ》の上に座らせて揺すってやったり、そうかと思えば脇の下に手を入れてくすぐってやったりと機嫌《きげん》を取った。父は私に対する以上に、遥を気にかけて世話を焼いた。私との喧嘩で遥が泣き出した時は、理由も聞かずに「お前はお姉ちゃんだろう」と私を叱《しか》りつけた。

「姉妹で差をつけるのは良くないのよ。遥はうちの娘になったんだから、二人とも同じように育てるべきでしょう」

遥のいないところで、母がそう父に訴えているのを見たことがある。父はその場では分かったと納得してみせながらも、遥を無闇に可愛がることをやめなかった。

言われたことには逆らわないが、自分が嫌なことは決してやらない。子供の私がそんな父の性質に気づくのは、もっとあとのことだ。

「確かに将来を考えると、そろそろ教務主任くらい目指さないとな」

母の前では殊勝《しゅしょう》なことを言いながら、休日は毎週のように趣味の釣りに出かけ、試験の勉強をする素振《そぶ》りはなかった。寝たきりになった祖母の介護を親類に言われるままに引き受けてきて、実際に仕事と家事の合間を縫《ぬ》って亡くなるまで世話をしたのは母だった。

「お父さんは、お母さんには本当に頭が上がらないよ。我が家はお母さんのおかげでやっていけるんだから」

晩酌でいい気分になると、私や遥の前でたびたびそう言って母を持ち上げたが、その間に忙しく台所で洗い物をしている母を手伝うことはなかった。

母はそんな父のことを、どう思っていたのだろう。

父を見る時、父に何かを言う時、母の目にはいつも、膜《まく》がかかったような影が差していた。一緒に医者の説明を聞いた時も、呼吸困難を起こし喘《あえ》ぐ父の手を握《にぎ》っていた時も、あの静かな薄暗い目で中空を見ていた。

看護師と一緒に冷たくなった父の体を拭いて清める時も、熱を放つ白い欠片《かけら》を箸で拾う時も、あの諦めたような目のまま、だが家のことをしているのと同じ確かな手つきで、それを終えた。

だから母が父のことで心を動かしたように見えた時、それは印象的なこととしてはっきり記憶されている。あれも遥に関わることだった。

遥が私たちの家族になって最初の正月。親戚の集まりの場で、あの意地の悪い叔母が、母に聞こえるように言ったのだ。

「遥は、兄さんの初恋の女の人の娘だものね。可愛くて当然だわよ」

三

翌朝、客間の布団の中で目を覚ました。枕元のスマートフォンは六時半を表示している。障子を開けると味噌汁《みそしる》の匂いが漂《ただよ》ってきた。

「おはよう。片づけありがとう。助かったわ」

台所に立つ母が振り返る。昨日のことなどなかったように、明るい声だ。

「今日はこのまま会社に行くんでしょう」

母に渡されたお椀《わん》をテーブルに並べ、冷蔵庫を開ける。

「うん、化粧品持ってこなかった。貸してくれる？」

漬け物の保存容器を取り出し、小鉢に盛りつける。その間に母はご飯をよそう。

「あら、お母さんので大丈夫かしら。あなた、敏感肌《びんかんはだ》でしょう——ああ、その棚の海苔《のり》も出してちょうだい」

母と娘らしい会話をしながら、お互い手を動かし続ける。母がテーブルに着くのを待って、箸を取った。母の味噌汁は、具だくさんで少し薄味だ。

「でもあなた、昨日はあんな時間に家を出てきたりして、一緒に住んでる方はそういうの気にしないの？　だらしないって思われて、嫌われたりしないかしら」

思い出したように母が言った。本気で心配している様子なのがおかしい。母は何度説明しても、ルームメイトのことを単なる同居人だと思えないらしい。

「一緒に住んでるってだけで、そもそも友達じゃないんだから、そこまで気はつかわないよ。向こうだって、好きな時間に遊びに行くし」

「ねえ、一度うちに招待したらどうかしら。お母さんも会ってみたいし」

「やめてよ。彼氏じゃないんだから」

それ以上この話題が広がらないように、慌《あわ》ててご飯を掻《か》き込んで茶碗を置いた。

「電車混まないうちに乗りたいから、早めに出るね。また様子見に来るから」

洗面台を使いながら、台所で洗い物をしている母に大声で言う。水の流れる音で、母の返事はよく聞こえなかった。借りた化粧品を元に戻そうとしたところで、棚の奥の小さな瓶《びん》に気づく。

風邪薬《かぜぐすり》か何かの瓶のようだが、ラベルが剝《は》がしてある。濃い茶色の瓶なので、中身がよく見えなかった。クリーム色のプラスチックの蓋《ふた》に、泥が擦《こす》れたような黒い跡がある。昨晩、母の手も同じように黒く汚れていた。どくんと胸の真ん中が鳴った。

ゆっくりと手を伸ばす。持ち上げると、何も入っていないように軽い。だが、かすかに中で小石が転がったような感触がした。目の高さに上げ、光に透《す》かすと、小さな白っぽい粒があった。いびつな形をしていて、薬のようには見えない。

「バス、あと十五分しかないわよ」

すぐ後ろで、硬い声がした。母はこちらを見ないまま、脱衣籠《だついかご》の洗濯物《せんたくもの》を選《よ》り分けている。

「うん。ありがとう。じゃあそろそろ出るね」

声が震えないように、お腹に力を入れて話した。そっと瓶を棚に戻す。

「気をつけて行くのよ。来る時は、電話して」

母の声を背中で聞きながら、靴を履《は》いた。

「分かったってば。行ってきます」

無理に明るい声で言って、ドアを開ける。一度も母の顔を見ないまま、家を出た。

バス停までの道は、ゆるい上り坂になっている。二車線の細い道路の両脇は銀杏《いちょう》の並木で、まだ昨日の雨が乾いていないアスファルトに、鮮やかな黄色い葉が折り重なって貼りついていた。太陽はまだ低い位置にあって、家々の屋根に反射しながら、目がくらむほどに輝いている。

小学校から高校まで、毎朝この坂を遥と登った。ランドセルを背負って。スカーフの色だけが違うお揃《そろ》いのセーラー服で。高校の合格祝いに買ってもらった自転車で、どちらが先に坂のてっぺんに着くか競争しながら。

私が高校を卒業して進学し、東京で暮らし始めてからの一年は、遥は一人でこの坂を登った。その一年の間に、遥は私の知らない遥になった。

十年前。遥の卒業式の日。

お祝いをするからと連絡があって、久しぶりに実家に戻った。電車で一時間もかからない距離なのに、授業やアルバイトの忙しさにかまけてすっかり足が遠のいていた。

卒業のお祝いは少し大人っぽいワンピースと、遥が好きだったブランドのマグカップのセットにした。思春期に入って以降、遥はますます背が伸びた。すらりとした手足に対して、子供の頃からの丸顔はそのままで、そのアンバランスさが可愛らしかった。

数か月ぶりに会った遥は、顔つきからして変わっていた。少し痩《や》せたようで、頬骨《ほおぼね》がやけに目立った。丸い目は疲れたようにくぼんで、下まぶたが黒ずんでいた。それを隠すように濃くアイラインを引き、重たげなつけまつ毛を貼りつけている。黒くつややかだった髪は痛々しいほどに脱色され、乾いて毛先が広がっていた。

「お姉ちゃん、全然帰ってこないじゃん」

ソファーに投げ出した足を小刻みに揺すりながら、遥は私を睨《にら》んだ。お祝いの包みを渡すと、「志望校落ちたんだけど。聞いてないの？」と中身も見ずに床に置いた。

遥は苛《いら》ついた様子でテレビを消すと、リモコンを乱暴に放り投げた。母は逃げるように台所にこもったまま出てこない。ぐつぐつと鍋が煮える音と、野菜を刻む音だけがしていた。

「お父さんは、まだ帰ってないの？」

父のことを尋ねると、びくりと肩を震わせた。

「――あいつ、もう帰ってこないんじゃないかな」

唇を曲げて、遥は言った。口元に不自然な笑みを浮かべたまま、大きく見開いた目に涙を溜《た》めている。

「どうして――」

「だって、お母さんにばれちゃったし」

いつの間にか、野菜を刻む音が途切れていた。

「お姉ちゃんが出てってから、あいつ、あたしの部屋に入ってくるようになってさ。相談したくて、帰ってきてって何回もメールしたのに、お姉ちゃん来てくれなかった。おこづかいくれるから適当に相手してやったけど、さすがに最後までは無理でしょ？　それで昨日、騒いだらばれちゃって。ていうか、お母さん、もっと前に気づいてたよね？　気づいても知らないふりするしかなかった？　自分の旦那《だんな》じゃん。いつも言ってるみたいに、自分で始末つけなよ！」

吐き捨てるように言って、遥が立ち上がった。相変わらず妹より背の低い私を見下ろしながら、ゆっくりと言葉を切って告げる。

「あいつも、お母さんも、お姉ちゃんも大嫌い。あんたらみたいな気持ち悪い家族と、血が繋がってなくて本当に良かった」

平手で遥の頰を打った。よろけながら、遥が私の髪を摑《つか》む。そのまま床に引き倒され、のしかかられた。遥が手を振り上げたので、両腕を交差させて頭を守る。叩かれながら、どうにか逃れようと体をよじった。プレゼントの紙包みが顔の横にあった。咄嗟《とっさ》に摑んで振り回す。重い手ごたえが伝わって、遥の体が離れた。

うずくまり、額《ひたい》を押さえたまま、遥は動かなくなった。血が青白い頰を伝い、カーペットに落ちる。マグカップの破片が裂《さ》けた紙包みからこぼれ、散らばっていた。母が何か叫びながら、私の肩を揺さぶっていた。

息を整えながら、掃除する手順をぼんやりと考えていた。

遥はその夜、家を出て、二度と帰らなかった。

四

父の法要の日のあと、再び実家に顔を出すことになったのは、二週間後だった。

その日、昼休みが終わって席に戻ると、ルームメイトから電話があったとメモが残っていた。見るとスマートフォンにも何度も着信がある。マナーモードにしていて気づかなかったようだ。かけ直すと、慌てた声で告げられた。

「警察から電話がかかってきたの。お母さんがセールスの人とトラブルになったとかで、交番に迎えに来て欲しいって」

　上司に事情を話すと、すぐ早退するように言われた。平日の空《す》いた電車に乗り込み、明るい窓の外に目をやりながら、先日のことを思い返していた。

　屋根に登っていた母。洗面所の棚の奥の小さな瓶に入っていたもの。

　母が何をしようとしていたのか、思い当たることが一つだけあった。だが、理由が分からなかった。なぜ今さら、そんなことをしなければいけないのか。

　遥が出て行ったあと、母は遥の部屋を徹底的に片づけ、掃除した。遥の痕跡《こんせき》を消し去ろうとするように、ベッドのシーツから布団カバーまで洗い上げ、何度も掃除機をかけた。

　父の顔を見たくなくて、実家へ帰るのは盆と正月だけになった。帰るたびに、部屋から遥のものが消えていくのが分かった。服も本もぬいぐるみも、子供の頃に描いた絵も。長い時間をかけて、遥は家から本当にいなくなった。

　おそらく母は今になって、遥を取り戻そうとしているのだ。

　交番に着いて、母とトラブルになった相手がシロアリ駆除会社のセールスマンだったと知らされた時、そう確信した。

「セールスの方も強引でね、お母さんが必要ないと言うのに、検査は無料だからと勝手に縁の下に入ろうとしたらしいんです。そうしたらお母さんが、出て行きなさいって石を投げちゃってね。肩に当たって打撲《だぼく》で済んだんだけど、当たり所が悪かったら大怪我《おおけが》でしょう。それで注意だけはさせてもらったんですよ」

若い警察官は母に同情的だった。市内では最近、同じように強引に床下に入り込んで、勝手に検査を始める駆除業者がいるらしい。一人住まいの老人を狙って多額の駆除料金を請求《せいきゅう》してくるようで、セールスマンは警察署で事情を聞かれているという。

「あちらが訴えてこなければ、この件はこれで終わりになるので。まあ大丈夫だとは思いますが、これからは困った時は交番に電話してくださいね」

交番の番号が書かれた名刺を渡され、改めて母と頭を下げた。母は目を伏せたまま、警官から顔を背《そむ》けて名刺を仕舞った。深いしわが刻まれた額に、脂汗《あぶらあせ》が浮いていた。

母も私も、無言のまま家に戻った。庭に回ると、縁の下の前の土が乱れ、植木鉢や箒が転がっている。それらを片づけて、洗面所で手を洗うと、母と向かい合って座った。

「お母さんは、鼠から、これを返してもらったんでしょう」

洗面所の棚から持ってきた茶色い薬瓶をテーブルに置く。母は目を見開いて、その小さな瓶を見つめていた。

「お父さん、遥が小さい頃に、抜けた乳歯を投げてたじゃない。屋根とか縁の下に。鼠にお願いすると、丈夫な歯が生えてくるんだって」

　母があの日、屋根の上に登ったのは、これを集めるためだった。従兄弟たちの話で、遥の乳歯がそこにあることを思い出したのだろう。

「セールスの人が縁の下に入ろうとしたのをやめさせたのは、まだ見つけていないのを踏まれたりしたら、嫌だから？」

　そこで母は初めて目線を上げた。不安そうに眉根《まゆね》を寄せて、私の顔をじっと見る。

「――見つかったら困るでしょう。あなたが」

　ほとんどつぶやくような声だった。

「困るって、私が、どうして……」

　首を傾《かし》げて尋ねると、母は突然、この場にそぐわない言葉を発した。

「ＤＮＡよ。遥の」

　頭の奥で火花が散った。

　ああ、そうなのか。母は――。

「遥が見つかった時、検査したら、あの子だって分かってしまうでしょう。だから遥のものは全部片づけたの。何も残らないように。だって十年前のあの夜、遅くにあなた、家を出て行ったじゃない。遥を連れて」

母は、私の代わりに始末しようとしていたのだ。

「あなた、あの時に、遥を殺してしまったんでしょう」

母が十年間、こらえてきたものがあふれ出していった。

遥の部屋を何度も掃除したのも、遥のものを全て処分してしまったのも、そうして今、屋根の上や縁の下に残されていた遥の乳歯を拾い集めていたのも、全て遥のDNAが分かるものを、この家から消し去るためのことだった。

私に遺棄された遥の死体が見つかった時に、身元が分かることがないように。

五

「お母さん、大丈夫だよ」

肩を震わせて泣いている母に、そう声をかけた。

「心配要らないから。大丈夫だから」

薬瓶を握り締め固く閉じた母の手に、私の手を重ねる。これは、私が始末しなければならない。

「あとのことは、私がするから」

優しく母の指を開き、薬瓶を取り上げる。なんと言えばいいのか分からなかった。ただ、大丈夫、もう大丈夫だからと母の手をさすった。

また来るからと告げて、家を出た。坂道を登りながら、コートのポケットの薬瓶に触れる。

母がもしも、本当に遥を取り戻そうと、これを集めていたのなら。

私たちは救われたのかもしれない。

マンションに着いた頃には、すっかり日が落ちていた。ドアに鍵を差し込みながら、すぐ横の台所の窓からもれる明かりにほっとする。このやり切れない思いを、一人で抱え込まなくて済むことがありがたかった。

「遅いから心配したよ。電話くらいくれたらいいのに。大丈夫だった？　お母さん」

忙しくネギを刻んでいた手を止め、少し怒ったような顔で、こっちを睨む。

「うん。お巡《まわ》りさんに注意されただけ。なんかね、シロアリ駆除のセールスの人に、石ぶつけたって」

コートをハンガーにかけ、ポケットの中のものを取り出す。少し迷って、母と同じように化粧品の棚の奥に置いた。

「は？　何それ。大丈夫なの？　お母さん」

眉を吊り上げながら、まな板の上のネギを包丁でざっと鍋に落とし、手早く包丁とまな板を洗う。

「まあ、色々不安定だったみたい。これからはちょくちょく顔出そうと思うよ」

彼女が洗った包丁とまな板を、順番に受け取って拭いて仕舞う。食卓にはほうれん草のサラダと蓮根《れんこん》のきんぴらが用意されていた。電子レンジが鳴ったので、温められた赤魚《あかうお》の煮つけをテーブルに出す。ご飯と味噌汁を運び、向かい合って座ると箸を取った。

「――そう言えばお母さん、一度あんたのこと、家に連れて来なさいって言ってたけど」

赤魚の身をほぐしながら、それとなく話してみる。

「いや、それは無理じゃない？　無理だよ。会いたくない」

そう言ってくれて、安心した。私の罪を隠すことしか考えなかった母に、やはり会わせるわけにはいかない。

遥を傷つけた父と母から、彼女を守らなければならなかった。

だから私と争い、出て行ったと思わせようとした。

十年前のあの夜、荷物をまとめた遥を、東京の私のアパートに送り届けた。遥は落ち着いたあと、私と暮らしながらアルバイトを始めた。

私も協力して、遥は一年間かけて学費を貯めて専門学校に入学し、現在は美容師として働いている。私の就職を機にアパートから今のマンションに引っ越したが、仕事を持っていた母はわざわざ娘に会いに東京まで出て来ることはなく、これまで遥と一緒に住んでいるのを隠し通すことができた。

しかし、まさか私が大切な妹を殺したと思われていたなんて、考えもしなかった。

「何笑ってんのよ、お姉ちゃん」

「別に。あんたの作るお味噌汁、お母さんと同じ味だなあと思って」

「だって、お母さんに教わったんだもん」

母の話をする時、遥はちょっとだけ懐かしそうな顔をする。

薬瓶を握り締めて、ずっと泣いていたあの時の母は、少しでも遥のことを思っていたのだろうか。ならばいつか、母にすべてを話して、遥を会わせてあげることができるだろうか。

遥にとって一番良い選択を、ゆっくり考えようと思った。

両親が遥にしたことの始末は、私がつけなければならない。

それは責任の重い仕事だが、きちんと段取りをして、順序良く片づけていくことは、嫌いではない。

ダムの底

一

「お父さん、今度の週末、久しぶりにダムに連れて行ってくれない？」

一人娘の香苗《かなえ》から、突然にそう頼まれたのは、六月の中旬。

週明けから連日の雨で、やっと水不足が解消されたと、私が籍を置く水道課が喜びに沸《わ》いた木曜の夜だった。

「珍しいな。どうした」

晩酌のビールのグラスを手にしたまま尋《たず》ねる。水っぽくふやけた枝豆を口に運びながら、香苗の言葉を待った。仕事帰りに寄ったスーパーで半額で売っていた枝豆は、容器の蓋《ふた》についた水滴のせいで、すっかり味が薄くなっていた。

四人掛けのダイニングテーブルの斜め向かいに掛けた香苗は、風呂上がりの濡《ぬ》れた髪を、両手で挟むようにしてタオルで拭《ふ》いている。明るく脱色された細い髪の毛が、蛍光灯《けいこうとう》の下できらきらと光っていた。

「シフトが変わって、土曜日が急に休みになったの」

香苗は歌番組の流れるテレビの音量を下げると、椅子《いす》の背に手を掛けて、半身だけ振り返った。最近、香苗が好んで使っているらしい、果物の香りの入浴剤がほのかに匂った。

昨年、定時制高校を卒業した香苗は、この二人暮らしの官舎から歩いて二十分ほどの距離にあるコンビニエンスストアでアルバイトをしていた。土日が休みになるのは、珍しいことだった。

「だから、たまにはお父さんとドライブでも行きたいなと思って」

そう言って、横目で私を見つめる。母親似の切れ長の目は、化粧をしていなくても輪郭《りんかく》が大きく、くっきりとしていた。

妻の史子《ふみこ》とは、香苗が中学生の時に離婚していた。こうして娘の中に妻の面影《おもかげ》を見つけても、今ではほとんど心が動くこともなくなっていた。

香苗の方から一緒に出かけようと誘われたのは、いつ以来だろう。私は妙な緊張を覚え、意味もなく口元を拭《ぬぐ》った。

「ドライブなら、別にダムじゃなくたっていいだろう。あの辺、行ったたって何もないぞ」

内心の動揺を悟《さと》られないように、気がなさそうな返事をした。

香苗が言っているのは、この町に一つだけある中規模の治水《ちすい》ダムだ。

重力式コンクリートダムと呼ばれる、日本では最もよくある台形に固めたコンクリートで水を堰《せ》き止める形のダムで、堤高《ていこう》は七十五メートル。堤頂《ていちょう》長《ちょう》は二五〇メートルで総貯水容量は六五〇万立方メートルと、役所の水道課のホームページに記載されている。

戦後間もない昭和三十年に起工し、五年の歳月をかけて完成した。ダムの湖底には二十戸の集落が沈むことになった。

役所までバスで十五分ほどの市街地にあるこの官舎からは、住宅街を抜けて山の方へと続く田園《でんえん》地帯を十キロほど走り、その先の隣県まで繋《つな》がる山の中の細い舗装道を、一時間近く登って行かなくてはならない。

「最近、休みの日って買い物くらいしか行ってないから、車で遠出とかしたいんだよね。子供の頃、よくお父さんがドライブに連れて行ってくれて、あそこのダム、見せてもらったじゃん」

昔、私が休みのたびに当時小学生だった香苗を車で連れ出したのは、妻の史子に頼まれてのことだった。毎日子供の相手をするのは息が詰まるのだと、史子はしきりに愚痴《ぐち》をこぼした。週末くらい娘と遊んでやってと、半《なか》ば強引に香苗の世話を押しつけられたのだ。せっかくだから家族三人で、と史子を誘おうとしたこともあったが、香苗から顔を背《そむ》けた彼女の倦《う》んだ表情には、そう言わせぬ圧力があった。妻の要求を呑《の》んだ私は、週末は香苗と二人で過ごすことが多くなった。

まさかその時は、史子が夫と娘の留守にパチンコ店に通いつめ、そこで知り合った若い男と不倫《ふりん》するようになるとは、考えもしなかった。

　週末ごとに、隣町の私の実家を訪ねたり、デパートの屋上遊園地で遊んだりと様々な場所へ連れて行ったが、香苗が一番喜んだのは山道のドライブだった。

　最初は車酔いをするのではないかと心配したが、カーブで体が左右に振られると、香苗は面白がって歓声《かんせい》を上げた。ただトンネルを通る時だけは、何が怖いのか、両手で耳をぎゅっと押さえて下を向いていた。

　当時から水道課に配属されていた私は、ダムを管理する職員専用の鍵を持っていた。一般車両が通れないようにしてある鉄柵の向こう側まで車を入れ、膨大《ぼうだい》な質量の水から漂《ただよ》う、特有の冷えた空気を感じるほど近くで、ダム湖を眺めることができた。

　深い青緑の水を湛《たた》え、静かに山と空を映す湖を、不思議と香苗は気に入っていた。風の強い日は細かな波が、鰯雲《いわしぐも》のような波紋を作った。

　タイミング良く、放水の日にダムを訪れたこともあった。コンクリートから噴《ふ》き出す白い水煙を、堤上の狭い通路から二人で一緒に見下ろした。香苗は小さな手でしっかりと私の指を摑《つか》んだまま、巨大な人造の滝と、その上に光る虹とを見つめていた。

「水不足が続いてたから、放水はしばらくしないと思うぞ」

　あの時の頰《ほお》を上気させた香苗の横顔を思い出しながら告げる。香苗は、別にそれでもいいの、と首を振った。

「今日、同じシフトだった男の子と話しててさ。高校の時、課外授業であのダムを見学に行ったんだって。それ聞いて、なんか懐《なつ》かしくなっちゃって」

「男の子って、もしかしてあの、金髪の不良っぽい子か」

二週間ほど前、アルバイト先の同僚だという若い男が、香苗をバイクの後ろに乗せて家まで送ってきたことがあった。

近づいてくる騒音に顔をしかめながら官舎の窓から外を見ると、いかにも暴走族が乗るようなマフラーとシートが改造されたバイクから、香苗が降りるところだった。

窓を開け、エンジンを切るように怒鳴ってその場に駆けつけると、彼は強張《こわば》った顔でヘルメットを外し、会釈《えしゃく》をした。撫《な》で肩で背が低く、まるで成長途中のような華奢《きゃしゃ》な体つきだった。

「香苗さんと同じ店で働いている、吉永《よしなが》といいます。店長に、送るように頼まれたんで」

か細い声で言いわけをする吉永を見かねたように、香苗があとをついで事情を説明した。

香苗の帰り道の路地で、この二日連続でひったくり事件が起きたらしく、心配した店長が一緒に帰るように指示したのだという。

「そう、あの時送ってくれた吉永君。別に不良じゃないよ。フリーターしながらバンドやってるんだって」

「不良じゃなかったら、あんなバイク乗らないだろう」

「あの時はたまたま、先輩のを借りてたらしいよ。いつも乗ってるのは、普通のスクーターだもん」

妙にかばうような言い方に苛立《いらだ》ちが募《つの》ったが、表に出さないようにこらえる。頭ごなしの物言いで娘の機嫌《きげん》を損《そこ》ねるような失敗は、この頃はもうしなくなっていた。

「なんなら、その吉永君に連れて行ってもらったらいいんじゃないのか。せっかくの休みに、親父とドライブなんてしても、楽しくないだろう」

一瞬、香苗の目に、驚いたような、悲しむような、複雑な色が浮かんだ。

それを隠すように、香苗はテーブルの下で軽く私の足を蹴《け》った。

「吉永君は、そんなんじゃないってば。それに彼、土曜はシフト入ってるし」

怒ったように言いながらも、唇《くちびる》の端を上げて笑っている。

そのぎこちない笑顔も、史子によく似ていた。

出先で香苗が腹痛を起こし、たまたま早く家に戻った日。史子は官舎の玄関から、男を送り出すところだった。私と目を合わせた史子は、とまどうように笑ったのだ。

私の追想を打ち払うように、香苗が、ぱん、と小気味良い音を立てて、テーブルを叩《たた》いた。

「ねえ、いいでしょ？　もう決まり」

香苗は細い顎《あご》を引いて、口を尖《とが》らせて私を睨《にら》みつける。昔から聞き分けの良い香苗だが、たまにこうして、絶対に引かない時があるのだ。挑むようなその表情は、子供の頃とまるで変わっていない。私は苦笑して頷《うなず》くしかなかった。

「分かったよ。じゃあ土曜日な」

長時間山道を走るとなると、タイヤの空気圧を見ておいた方がいいだろう。

明日、仕事の帰りにガソリンスタンドに寄ることを決め、立ち上がると、冷蔵庫から新しく冷えた缶ビールを取り出した。

空《から》になった缶を水ですすいで台所の不燃ごみの袋に入れ、そろそろ寝ようとした時だった。

テレビの方へ顔を向けたまま、不意に香苗が尋ねた。

「お父さん、最後に私とダムに行った時のこと、覚えてる？」

廊下へ出る扉に伸ばしかけた手が止まった。

覚えていないはずがない。

あれは、香苗が十六歳の時——十二月の下旬のことだった。

「夜だったよね。お父さん、急に私の部屋に来て」

振り返ると、香苗もこちらに体を向けた。香苗の声は、硬かった。

「どうしてあの日、私をダムに連れて行ったの」

早く何か答えなければと口を開けたまま、言葉に詰まる。

香苗はどこまで、気づいているのか。

少しの逡巡《しゅんじゅん》のあと、大きく息を吐く。

香苗は不安そうに目を伏せて、テーブルの上でぎゅっと両手を組み合わせていた。

「——あの頃、香苗がずっと部屋に閉じこもっていて、心配だった」

腹を据《す》えると、ゆっくりと言葉を区切って告げた。もしもいつか問われたら、そう答えようと決めていた。

自分の声が、まるで他人のそれのように空々《そらぞら》しく響く。

香苗が中学に上がって間もなく、史子との離婚が決まった。それから香苗は学校に行かなくなり、部屋からも出なくなった。

学級担任や、引きこもり専門のカウンセラーにも相談したが、とにかく今は子供を信じ、見守るしかないという答えだった。

私は香苗が部屋から出る日を待ち続けた。そんな中、史子から連絡が来て――。

あの晩、私はどうしても、香苗を連れてダムへ行かなくてはいけなかった。

「だけど、あんな時間に、なんで……」

香苗は自身の両手に目を落としたまま尋ねる。その言葉が終わらないうちに、私は上擦《うわず》った声でまくしたてた。

「急に考えついたんだ。お前が子供の頃、好きだった場所に連れて行ってやれば、元気が出るかと思ってな」

空虚《くうきょ》な言いわけを、香苗は信じただろうか。

「――そっか、分かった」

香苗はつぶやくように言って、再びテレビの方へ体を向けた。

その背中が、私に重苦しい問いを投げかける。

《お父さんは、あの夜、ダ丶ム丶の丶底丶に丶何丶を丶沈丶め丶た丶の丶》

答える言葉を持たない私は、空咳《からぜき》をして、その場から逃げた。

二

湿っぽい布団《ふとん》の中で、何度も寝返りを打つ。

築四十年の官舎は鉄筋コンクリート造りで、この時期になると壁が結露《けつろ》するほどに湿気が酷《ひど》くなる。史子は常々、早く郊外に一軒家を建てて引っ越したいと言っていた。

2LDKの部屋は、北側の一室が特に日当たりが悪いため、こちらを私の寝室とし、南のベランダに面した部屋を香苗が使っている。

六畳の寝室には小さな本棚とスチールパイプの洋服かけ、ノートパソコンの置かれた座卓以外、何もない。本棚が接する壁の向こうのリビングでは、小さくテレビの音が聞こえていた。

香苗を守るためなのだ。そう自分に言い聞かせる。

《あのこと》を秘密にするのは、私を守るのではなく、香苗を守るためなのだと。

香苗が定時制高校を卒業し、アルバイトを始めたのは、ほんの一年前のことだ。

あの子を引きこもりの状態に戻すことは、二度としたくなかった。

史子の浮気を知ったのは、香苗が小学五年生の時だった。私は何度も男と別れるように説得を続けたが、史子は別れたと言い張っては、私の目を盗んで男との逢瀬《おうせ》を続けた。

そしてついに、男との子供を妊娠したと告げられ、離婚届に判を捺《お》した。香苗は中学生になったばかりだった。のちに妊娠は嘘《うそ》だと分かったが、その時には、史子は家を出たあとだった。

その年の夏休みから、香苗の様子がおかしくなった。

香苗の部屋は毎晩、夜遅くまで明かりがついていて、翌日は昼まで起きてこなくなった。夏休みだから大目に見ようと考えたが、香苗は私がリビングにいる間は自室から出てこようとせず、私がいない間に、残り物やインスタント食品で食事を済ませるようになった。さすがに心配になり、どうしたのかと声をかけると、香苗は「しばらく放っておいて欲しい」と、ドアの向こうから切実な声で訴えた。

娘の突然の変化に、どう対処するべきか、悩んでいる間に二学期が始まった。

担任の教師に正直に家庭の事情を話すと、こういう時は無理に部屋から引っ張り出すべきではないと助言された。

その後、役所の福祉課を通じて引きこもりや不登校のカウンセラーに相談したが、やはり子供自身が自分で変わろうとするまで、見守るしかないという返答だった。

　この状態がいつまで続くのか。いつまでこうして見守っていればいいのか。

　それは私にとって、ずいぶん長い時間だった。その渦中《かちゅう》にある時は、時間が質量を得たように重く、まとわりつくように感じられた。

　だが今となっては、人生のほんの短い間のことだったようにも思える。

　結局のところ、香苗は自分自身の力で立ち直った。

　ある日、突然、定時制の高校に入りたいと言い出し、取り寄せた資料を渡された。今からちょうど四年前のことだ。

　憑《つ》きものが落ちたように、香苗は休むことなく学校へ通い、卒業すると、自分で面接を受け、コンビニエンスストアでアルバイトを始めた。貯金をして、イギリスに留学するのが夢なのだそうだ。

　のちに、何がきっかけだったのか聞いてみたが、「自分でも分からない」と香苗は笑った。

「今思うと、なんで部屋から出られなかったのかも、分からないいんだ。ただ、色んなことが辛《つら》くて、自分で自分を閉じ込めちゃってたみたい。それがある時、いつの間にか楽になってることに気づいたの。今なら普通に戻れるんじゃないかって気がして、それでまた学校に行こうと思ったんだ」

明るく語る香苗の言葉を聞きながら、私はあの部屋から出られなかった時間が、おそらくは傷ついた香苗の心を休ませるための時間だったのだと納得した。

あの時の気が抜けたような気持ちを思い出し、苦笑いしながらまた寝返りを打った時、ふとリビングの方から、テレビとは違う物音がしているのに気づいた。

ぎい、と扉を開く音。それからごそごそと、何かを動かしているような音だった。

リビングには二つの扉しかない。廊下へ出るための扉と、リビングに一つだけある半畳のクローゼットだ。廊下に人の気配がないところをみると、香苗はクローゼットを開けたのだろう。

クローゼットといっても、元々は仏壇を置くために作ったスペースを、扉だけモダンなものに付け替えたという風情《ふぜい》の、単なる物入れだ。棚が三段あり、そこに救急箱や工具セット、缶詰などの食料品がしまってある。その手前には掃除《そうじ》用具が置かれていた。

静かに布団の上で身を起こすと、壁の向こうの様子に耳をそばだてた。たまたま物入れから何か出しただけなのかもしれないが、なぜこんな時間にと、妙に気になった。

翌日の金曜日は、梅雨《つゆ》の晴れ間となった。

香苗は私が朝食をとる前に家を出て行った。アルバイトは遅番だが、週に一度、駅前のカルチャースクールでやっている早朝英会話レッスンを受講していた。

「私、もう時間ないから、ごみ捨てお願いね」

昨晩のやり取りなどなかったように、香苗は日常を取り戻していた。

「ああ、分かった。気をつけてな」

私もそれに応じて、コーヒー用の湯を沸かしながら普段通りの言葉をかける。

玄関のドアが閉まる音を聞いたあと、そっとコンロの火を消した。朝食より先に、昨日の物音の正体を確認したかった。

物入れの扉を開けるが、普段と変わった様子は見られない。

手前に掃除機が置かれ、棚の下段には食品のストック。中段には工具類。そして一番上の段には、普段使わないホットプレートや、アウトドア用品が置かれている。

その上段の棚を見ていて、あることに気づいた。バーベキューコンロの箱の上に置かれていたはずの私の黒いリュックサックが、ずり落ちそうになっているのだ。

こんなことだったのかと安堵《あんど》する。なんのことはない。土曜日のドライブに持って行こうと、リュックサックの場所を確認したのだろう。

ずり落ちかけたリュックサックを奥へ押し戻そうと手をかけた時、どこか手ごたえがおかしいのに気づいた。

長年使っていなかったはずなのに、何かが入っているようだ。不思議に思い、そのまま引っ張り降ろす。抱えてみると、ある程度の重さがあった。

キャンプ用品でも入れたまま、出し忘れていたのだろうか。

ファスナーを開けて、その中身を取り出した時、どうしてここにこんなものが入っているのか、まったく分からなかった。

リュックサックの中にあったのは、女性もののハンドバッグだった。

それも、一つではない。

色も形も違う、明らかに新品ではないハンドバッグが、全部で六つ。

何かに追い立てられるように、開けて中身を確認する。

ハンカチ、ポケットティッシュ、化粧ポーチ、財布。目薬や日焼け止め、キーケースなどの雑多なもの。

そしてなぜか、硬い物で打ち砕いたように、一様に破壊されているスマートフォン。

震える手で、財布の中身を確認する。それらはすべて、カードと紙幣が抜かれていた。

少し前に香苗から聞いたことを思い出す。この近くで、ひったくりの被害が続いたと。

このハンドバッグは、その被害者のものなのだろうか。

だとしたらなぜ、それがこの家にあるのか。

私以外に、これらのものを家に持ち込めるのは——香苗しかいなかった。

三

その日は仕事が手につかず、料金未納者からの問い合わせの電話で相手の連絡先を聞き忘れたり、窓口業務で領収印の日付を間違えたりと、細かなミスを何度もした。

朝に見たリュックサックの中身のことが、頭を離れなかった。

幸《さいわ》い、月末まで余裕があり残業もなかったので、私は定時で役所を出た。

空はまだ明るく、温《ぬる》い湿った風が街路樹を揺らしていた。庁舎は四車線の国道に面していて、この時間は帰宅の車が列を作り、無数の赤いブレーキランプが連なって消えたり灯《とも》ったりしていた。

庁舎の裏の駐車場に止めてある白いワンボックスの軽自動車に乗り込むと、予定通り、セルフのガソリンスタンドに向かった。ガソリンを満タンにすると、少し圧を高めにしてタイヤに空気を入れる。

ついでに、しばらくしていなかった洗車をすることにした。

仕事で水道工事の現場や水質調査に行く時は役所の車を使うので、別段汚れているわけではなかったが、無性《むしよう》に何かをしていたかった。

スタンドの隅にある洗車場で、高圧洗浄機を使って手洗いする。屋根、フロントガラス、側面と、上から順に洗剤を塗って汚れを落とし、仕上げ用のクロスでバンパーまで拭き上げた頃には、辺りは大分《だいぶ》薄暗くなっていた。

腰を伸ばしながら、街の西側の山の稜線《りようせん》に目をやる。ここからではダムは見えないが、ダムの上流に建つ鉄塔の影が、何本か突き出て見えた。空はすでに橙色《だいだいいろ》が青みがかり、暗い紫色をしていた。

官舎へ戻るなら、そのまま国道を真《ま》っ直《す》ぐ進むところだが、思いついて寄り道をすることにした。車通りの少ない裏道を使い、住宅街を抜けて、目的地が近づいたところでコインパーキングに車を入れる。

エンジンを切ったあと、車道の反対側に煌々《こうこう》と光る店の明かりを見つめた。

離れたところから様子を見て、何もなければ、そのまま帰るつもりだった。

車を降り、ちょうど青に変わった横断歩道を足早に渡ると、明かりから身を隠すように歩道寄りに設置された看板の陰に立った。

香苗の働くコンビニエンスストアは、仕事帰りの買い物客で混んでいて、駐車場にはひっきりなしに車が出入りしていた。目を凝《こ》らして店の中を見ると、カウンターの中で香苗が忙しくレジを打っている。家では見せないよそいきの笑顔に、なんだかこちらが気恥ずかしくなる。もう少し近くで見たかったが、店の入り口の監視カメラに映り込むことを考え、やはり遠くから見るに留めた。

二十分ほどそうしているうちに、徐々《じょじょ》に客足が減ってきた。香苗は商品の品出しを始めたらしく、弁当売場の前にしゃがみ込んでいる。レジには主婦らしい四十代くらいの女が立ち、てきぱきと客をさばいていた。

あまり同じ場所に立っていると、通行人におかしな目で見られるかもしれない。私はコンビニエンスストアの隣にある、コインランドリーへ足を向けた。敷地の間には私の身長より高い壁があるので、姿を見られる心配はなかった。

コインランドリーの中に客はおらず、私は入り口の辺りを手持ちぶさたに行ったり来たりした。ちょうどコンビニエンスストアの換気扇《かんきせん》がこちらを向いているようで、店内で調理しているらしい揚《あ》げ物《もの》の匂いに空腹が刺激される。香苗は遅番だから、夕飯は私一人で食べることになる。帰りにいつものスーパーで、半額の惣菜《そうざい》でも買って行こうか――。

ぼんやりと夕食のことに思いを巡らせていた時、すぐ近くでドアの開く音がした。思わず身を強張らせたが、コインランドリーの方は相変わらず無人だった。どうやら隣のコンビニエンスストアの裏口から、誰か出てきたようだ。

「――ああ、今休憩中っす」

電話の受け答えをしているらしい、やや甲高《かんだか》い男の声には聞き覚えがあった。

あのバイクの男――吉永に間違いなかった。店内には姿が見えなかったので、事務所の方にいたのだろう。

「いや、頼まれたやつはちゃんと捨てましたよ。ほら、山の方にダムあるじゃないっすか」

その吉永の言葉に、首筋に鳥肌が立った。

私は息を詰めて、聞こえてくる声に意識を集中させた。

「バイト先の人に、車出してもらったんすよ。ほら、前になんでも言うこと聞く女がいるって言ったっしょ。あ、それは大丈夫っす。言われた通り、中は見ないで捨てましたから――よく分かんないけど、こういうの、もう勘弁してくださいよ。俺、あんま関わりたくないんで。今回のはホント、バイク貸してもらったお礼ってことで」

ほどなくして、再びドアが閉まる音が聞こえても、私はその場から動くことができなかった。温い汗が、背中を伝った。

香苗が、吉永のためにトラブルに巻き込まれているという状況は理解できていた。

本来なら吉永が頼まれた、あのリュックサックの中身を捨ててくる役目を、押しつけられたということなのか。

《大丈夫よ。夫は、私の言うことならなんでも聞いてくれるから》

こんな時だというのに、なぜか思い出されたのは、私がいると気づかず電話の向こうの浮気相手と話していた、史子の言葉だった。

もう二度と聞くことができない、史子の声だった。

四

史子とは職場の伝手《つて》で知り合って結婚した。

土木課の女性主任の高校の後輩で、以前は東京で働いていたが、最近地元に帰ってきた、と紹介されたのが史子だった。当時、私は三十四歳で、半ばお見合いのような形で顔を合わせた。史子は二つ年下の三十二歳だった。

何度か会って映画や食事に行くうちに、付き合うことになった。史子の方から、結婚を前提にと交際を申し込んできた。

「優しそうな人だから、っていうのが、一番の理由ね」

なぜ私と結婚しようと思ったのか。

結婚して間もない頃、晩酌をしながら酔った勢いで尋ねた返事がそれだった。

「こういう人なら、私みたいな女でも、許してくれるんじゃないかと思ったの」

《私みたいな女》――その言葉の指す意味は、史子と暮らし始めた時点で、すでに分かっていた。

史子は、自分を律《りつ》することが苦手な人間だった。

生活費として渡した給料は、何に使ったものか、月末にはほとんど残らなかった。

部屋の中はいつも雑然とし、埃《ほこり》が溜《た》まっていたが、史子はそれを官舎が狭いからだと言いわけした。

家を建ててくれたら、ものも片づくし掃除もきちんとすると、しきりに一軒家への憧《あこが》れを口にしながら、決して貯金をしようとはしなかった。二人分の食事を作るのはかえって不経済だと主張し、夕食は出来合いの惣菜かレトルト食品ばかりだった。

結婚の翌年に香苗を妊娠した時には、産婦人科医から何度も食事について、手作りの薄味のものをと指導を受けた。にもかかわらず史子は従うことをせず、高血圧による妊娠中毒症と診断されて入院した。未熟児になる恐れもあると医者から言われていた香苗が二五六〇グラムで無事に生まれた時は、心から安堵した。

私は、香苗が生まれれば史子は変わるのではないかと安直な期待をしていた。

私にとって、三十半ばを過ぎて生まれた娘は、小さくて弱々しい、泣いたり笑ったりするばかりの、ただ愛《いと》おしい存在だった。香苗のためならば、躊躇《ちゆうちよ》なく命を投げ出せる。何を犠牲《ぎせい》にしても守りたいと思った。

だが、史子の香苗に注ぐ愛情は、私とは異なっていた。

「もちろん、香苗のことは大切だし、可愛《かわい》いと思ってる。この子のために、しなくちゃいけないことも分かってる。だけど、どうしても、やろうと思うと面倒になっちゃうの」

香苗が生まれてからも、史子は部屋の掃除をしなかった。一度、香苗が史子の落としたヘアピンで口内を傷つけて以来、私は毎日仕事から帰ったあとに部屋を片づけ、掃除機をかけるようにした。香苗が一歳になってからは、食事も私が手作りした。

そうして黙々とやるべきことをこなす私を、史子はずっと、疎《うと》ましく思っていたようだ。

「あなたが家のことをしていると、私は責《せ》められているような気持ちになるのよ」

時おり、そんなふうに不機嫌をぶつけられ、どうしていいか分からなかった。

もっと史子の気持ちに寄り添ってやれたら良かったのかもしれない。だが当時の私は仕事をしながら家のことをするのに精一杯だった。正直に言えば、史子に対しては、ほとんど無関心だった。

家族のために、これだけのことをやっているのだという自負が、私を狭量《きょうりょう》にした。自分のしていることが間違っているとは、まったく思わなかった。

私が努力すればするほど、史子ができない自分を責めていたことに気づかなかった。そのストレスから逃れるために、パチンコにのめり込むようになったことにも気づかなかった。香苗が学校に行っている時間と、週末に私が香苗の面倒を見ている間、史子は憑《つ》かれたようにパチンコに通い詰めていたのだ。

どうにもならないところまで家庭が壊れてしまったと気づいたのは、史子が消費者金融への借金と、パチンコ店で知り合った一回りも年下の男との不倫を告白した時だった。

香苗のために、どうにか離婚だけは避けたかった。消費者金融への借金は、香苗の学資保険を解約することで完済できた。だが史子は不倫相手と別れることを拒《こば》んだ。妊娠したと嘘をついてまで、家を出て男と暮らすことを選んだ。

家のことをせず、不倫を続けた母親と、それを止める術《すべ》のなかった父親と。機能不全の家庭で、香苗は驚くほど手のかからない子供に育った。

友達と喧嘩《けんか》することも、学校で叱《しか》られることもなかったし、小学三年生の時に与えた子供部屋も、いつも几帳面《きちようめん》に片づけられていた。高学年になると、洗濯物を畳んだり、食事の支度《したく》を手伝ったりしてくれるようになった。反抗期らしいものもなく、家事と仕事で疲れた私を気づかってくれたし、史子を責めることもしなかった。

子供が守られるべき家庭の中で、私たち夫婦は娘が甘え、寄りかかることのできる存在ではなかった。私たちが香苗を傷つけ、弱らせて、あの狭い部屋に閉じ込めたのだ。

コインパーキングに停《と》めたワンボックスカーの中で、これまでのことを思い返しながら、私は、自分がするべきことはただ一つだと確信した。

香苗をこれ以上傷つけないこと。守り抜くこと。

それが親として、私がやらなければいけないことだった。

エンジンをかけ、パーキングを出ると、私は再び役所へ向かった。

明日のドライブまでに、確かめておかなければいけないことがあった。

守衛には、やり残した仕事を思い出したと言いわけし、水道課のある三階に上がる。すでに午後八時を過ぎ、残業をしている職員はいなかった。

自分の机の上の照明だけを点《つ》けて、パソコンを起動させる。水道課の職員であれば、ダムの管理局のファイルを閲覧《えつらん》する権限があった。パスワードを入力して、ネットワークが繋がるのを待つ。

やがて、デスクトップ上に《ダム管理》とタイトルのついたいくつかのファイルが表示された。その中の《行事予定》のファイルをクリックして開く。そして年度ごとに並んだExcel《エクセル》のファイルを、最近のものから順に開いていった。

学校単位でダムの見学を申し込まれることは、小学校ならばよくあるが、高校では珍しいことだった。今年の年間予定を見ても、その中に高校のダム見学はない。遡《さかのぼ》って探すうちに、一校だけ、ある工業高校の一年生が、校外学習としてダムを訪れていたことが分かった。

さらにその数年前まで、丹念にチェックする。ダムの見学に来た高校は、やはりその工業高校だけだった。

見学のあった年度をもう一度確認し、ファイルを全て閉じた。

マウスを操る指先が震えていた。

なぜ香苗が、吉永からあのリュックサックの中身を押しつけられることになったのか。

その理由が、私の考える通りだとすれば、それは父親として耐えがたいことだった。

しかし、もしそうなら、どうすることが香苗にとって、一番良いことなのか。

考えがまとまらないまま、パソコンの電源を落とした。机に手を突き、体を支えながら立ち上がる。

眩暈《めまい》が治まるのを待って、歩き出した。硬い床の感触を靴底で確かめるようにして、そろそろと廊下へ進む。

非常灯だけが暗く光る長い廊下は、ダムへ向かう山道のトンネルを思わせた。

目を閉じて、大きく息を吐く。もう迷いはなかった。

私はゆるぎない足取りで、香苗の待つ家へ帰るべく、出口を目指した。

五

ワイパーが忙しくフロントガラスの水滴を拭う。

昨日の天気予報では、土曜日は夕方まで曇《くも》りだと言っていたが、家を出て三十分ほどで大粒の雨が降り出した。

「山の中じゃ、天気予報なんて当てにならないな」

助手席の香苗に声をかける。香苗はカーディガンがシートベルトに挟まるのを気にしてか、しきりに裾《すそ》を引っ張っていた。もう片方の手には、青い傘の柄《え》が握《にぎ》られている。

「山道に入る前は、結構空も明るかったのにね。これじゃあ、お弁当は車の中で食べるしかないかなあ」

助手席の窓を伝う雨の筋を、内側から指でなぞるようにして香苗がつぶやく。エアコンの吹き出し口の下にある液晶に表示された時刻は十時四十分。ダムへは昼前くらいに着く予定で家を出た。

今朝私が作った握り飯や卵焼きなどをタッパーに詰めただけの簡単な弁当は、保冷バッグに入れてトランクに積み込んだ。トランクの奥に、いつ運び入れたものか、例の黒いリュックサックが押し込むように置かれていたが、私はそれに気づかないふりをした。

「まあ、急に晴れるってこともあるさ。とにかく行ってみよう」

なるべく明るい声で言って、ワイパーのスピードを一段階上げる。無言になると、屋根を打つ雨の音が車内に響いた。

標高五〇〇メートルほどの山を登る道は、針葉樹の林を蛇行《だこう》して敷《し》かれている。短いトンネルに入ると、車内がさっとオレンジの光に包まれ、カーナビの表示が暗くなる。

「なんだか、前に来た時のこと思い出すなあ」

橙色のランプが流れるトンネルの壁に顔を向けたまま、香苗が言った。

「夜だったし、お父さんがあまり話さないから、怖かったんだよね」

トンネルを抜けると、すぐに急なカーブに差し掛かった。トンネルの中で、気づかぬうちにスピードが上がっていたらしい。ブレーキを踏みながらハンドルを切る。路面が濡れているのでひやりとしたが、スリップすることなくカーブを曲がり切れた。トランクの荷物が遠心力に振られて崩れたのか、後ろの方で、ごとんと重い音がした。ハッとした顔で、香苗が振り返る。

「すまん。弁当が転がったかな」

感情が出ないよう、抑《おさ》えた声で詫《わ》びる。

「大丈夫でしょ、ちょっとくらい。あ、でもお握りが潰《つぶ》れてたら嫌かも」

不自然に早口になった香苗は、ちらちらとバックミラーに目をやり、明らかに後ろを気にしていた。

金曜の朝に見た時は、リュックサックの中に入っていたのはハンドバッグだけだった。今のような音がするものではない。ならばきっと、水の中に落とした時に重しとなるものを、香苗が入れたのだろう。確実にダムの底に沈めるために。

「ああ、何年ぶりになるのかなあ。最後に来たのが十六の時だもんね」

わざとらしく伸びをしながら、香苗が話題を変える。

「あの頃、私、家の外に出るのが無理だったじゃん。いきなりダムに行こうなんて言われて、よくついてきたよね」

他人事《ひとごと》のような香苗の言い方に、少しおかしくなった。

「でも、なんかお父さんが、思いつめた顔してるから、これは一緒に行かなきゃって思ったんだ。一人で行かせたら、お父さん――」

言《い》い淀《よど》むように言葉を切ったあと、少しかすれた声で。

「死んじゃうんじゃないかと思って」

知らず、ハンドルを強く握り締めていた。香苗の言葉は、私の本心を言い当てていた。

あの時、私は自分も死ぬべきではないのかと、自身に問いながらダムへ向かったのだ。

私のせいで、史子は死んだのだから――。


追憶の向こうで、水の音がしていた。

小さく、水の跳ねる音。

静かに泡を放ちながら、水の底に沈んでいく。

ぼんやりと光る水面《みなも》が、少しずつ遠くなっていく。

底に向かうにつれて、辺りを包む水がきりきりと、肌を刺すほどに冷たくなっていく。

聞こえるはずもない音。

見えるはずもない景色。

感じるはずもない温度に、身を引き込まれそうになる。


「お父さん、前！」

香苗の声で我に返った。

見るとセンターラインを大きく右に踏み越えていた。

対向車がいないのが幸いだった。慌《あわ》ててハンドルを切り、左車線に戻る。

「大丈夫？　居眠りしてたんじゃないよね？」

強張った笑顔で、香苗が運転席のシートを指で突《つつ》いた。

「いや、悪かった。雨のせいで、前が見えにくくてな」

ぎこちなく笑って、ハンドルを握り直す。ブレーキを軽く踏んでスピードを落とした。

膝《ひざ》が細かく震えていた。

ちらりと香苗の方に目をやると、触れてはいけないものに触れてしまったかのように、しきりに手を擦《こす》り合わせている。

小さな子供のようなその仕草に、胸が締めつけられた。

史子がもうこの世にいないことを、私はまだ、香苗に伝えていなかった。

六

離婚した史子から連絡が来たのは、彼女が家を出て三年半が過ぎた冬のことだった。

用件は、金の無心だった。

「彼とはもう別れてるの。あの人、私の名義で散々借金をして、そのまま行方《ゆくえ》が分からないのよ」

電話の向こうの史子の声は、酒で焼けたようにかすれていた。私は言われた口座に五万円だけ振り込むことを了承し、二度と連絡をしないようにと告げた。

引きこもるようになった香苗にどう接したらいいか。このまま進学できなかったらと思い悩み、それ以外に気を配っている余裕がなかった。

史子は私に命じられた通り、連絡はしてこなかった。

警察の電話を受けて、隣町の病院を訪ねたのは、その二週間後のことだ。

ビルから飛び降りたという史子は、肌が見えないほどに全身に包帯を巻かれ、頭の輪郭が崩れていた。意識が戻らないまま、その日のうちに亡くなった。

史子に両親はなく、唯一《ゆいいつ》の身内である史子の叔父《おじ》が、葬儀を済ませた。私は通夜《つや》にも葬式にも顔を出さなかったが、後日、これだけは受け取って欲しいと頼まれたのが、史子の位牌《いはい》だった。

　史子は、叔父のところにも、何度も金を貸して欲しいと訪れたらしい。遺骨は両親の墓に入れたが、すでに実家はなく、叔父の妻は位牌を引き取ることを拒否したのだそうだ。自身の身内のことでそれ以上負担をかけることは憚《はばか》られ、叔父としては妻に従うしかなかったのだろう。

　史子の位牌を受け取った日の夜。

　私は引きこもりの状態にある香苗に、母親の死を告げて良いものか、迷っていた。はっきりとした答えが出ないまま、娘の部屋のドアをノックした。

　数回のノックのあと、ようやく顔を出した香苗の感情を失った目は、暗く冷たい水の底を思わせた。

「——香苗、これからお父さんと、ダムを見に行かないか」

　気づけば、そう口にしていた。

「あ、この標識、覚えてる」

　香苗がカーブの先に見える三角の黄色いプレートを指差した。動物の飛び出しに注意を促《うなが》す標識で、熊の黒いシルエットが描かれている。

「この山、本当に熊なんか出るの？」

「山よりも、ふもとの方によく出るらしいぞ。今の季節だと、畑のトウモロコシが食われたりするんだ。役所にも、被害の報告が上がってたよ」

ダムが近づくにつれて、香苗の口数は増えていった。

「晴れてれば、この辺りからもうダムの端が見えたはずだよね」

相変わらず降り込める雨で、山の輪郭は霧《きり》に包まれたように煙《けむ》っていた。

「これじゃあ、お弁当は車の中で食べるしかないかな」

香苗は残念でもなさそうに言って、窓の外を流れる景色に目をやった。目的地までは、あともうすぐだった。

ダムへ通じる道は、普段は鉄の柵で閉ざされている。

私は車を停めると、小走りで柵の扉に向かい、南京錠《なんきんじょう》を外した。扉を車が一台通れるくらい開けると、再び走って運転席に戻り、サイドブレーキを戻してアクセルを踏む。

「どうせ他に人は来ないだろうから、帰りに閉めれば大丈夫だ」

開け放した扉を振り返り、独りごとのように言った。香苗は無言でうなずいた。

鉄柵から先は、舗装されていない砂利道《じゃりみち》だ。

雨粒が屋根を叩く音。ガラスを擦るワイパーのゴムの音。タイヤが砂利を踏む耳障《みみざわ》りな音だけが、しんとした車内に響いていた。

これまでよりもいっそう道は細くなり、林の木々の陰《かげ》が濃くなる。昼間だというのに、夜のように暗い。

やがて、その視界が一気に開け、目の前に灰色のダムの湖面が広がった。

コンクリートの堰《せき》に切られた、大きな半円の、人造の湖。

止水壁《しすいへき》に向かう道をゆっくりと下っていく。香苗は膝の上で拳《こぶし》を固め、真っ直ぐに前を見ていた。

堰堤《えんてい》に登る金属製の階段の、手前の駐車スペースに車を停めた。

ほっとしたように、香苗が息を吐いた。そして顔を上げてこちらを向くと、真っ直ぐに私を見つめて口を開いた。

「お父さん、私がどうしてダムに来たいって言ったか、知ってるんでしょう」

不意に発せられた問いに答えられずにいると、香苗は助手席のドアを開けた。

青い傘を広げると、雨の降る車外に出る。私に背を向け、落ちてくる水粒《みずつぶ》の中に、耐えるように立ち尽くしている。

「私も、知ってるの。見たから」

振り返らないまま、香苗は言った。

「あの夜、お父さんは、お母さんの位牌をダムに沈めたんでしょう」

雨音に紛《まぎ》れてしまいそうな、か細い声だった。

「私、ずっと知らないふりしてたんだ。だから、お父さんも今日のことは、知らないふりをしていて欲しい」

私は車を降りると、トランクを開けた。リュックサックを肩にかけ、香苗のそばまで歩を進めると、きっぱりと告げた。

「それはできない」

傘を傾《かたむ》けて、香苗がこちらに顔を向けた。目は潤《うる》み、唇が青ざめている。

「香苗が一人で抱《かか》え込むことじゃないんだ。困っているなら、父さんが助ける」

そうすると決めていた。私の手で、香苗を守ると。

香苗の肩を強く摑むと、真っ直ぐにその目を見た。

「吉永と、何かあったのか」

胸が裂《さ》けるような思いで、そう確かめた。

香苗は小さく頷いた。

「一度だけ、ホテルに行った。私から誘ったの」

何かを考えるより早く、私の手が香苗の頬を打った。

「あの子は、未成年だろう！　お前、三十にもなって、ものの区別がつかないのか！」

一回りも年下の男と不倫した史子。同じ血が流れているのだと思うと、悲しみとも諦《あきら》めともつかない冷えたものが、腹に落ちていくようだった。

昨日調べた、ダム見学に来た高校生は一年生。年度は昨年だった。吉永がその当時高校一年生であれば、彼は、高校を中退した十八歳未満の少年ということになる。おそらく、こういうことだと予想はついていながら、それでもやり切れなかった。

傘がふわりと地面に落ちた。濡れた前髪を額《ひたい》に貼りつけ私を見上げる香苗は、涙を浮かべ、頬を真っ赤にしていた。子供の頃の、泣き出しそうなのをこらえている時と、同じ顔だ。

十三歳の時から十五年近くも、一人きりで部屋に引きこもっていた香苗。

ついこの間、社会に出たばかりなのだ。まだ子供なのだ。

やっていいことか、悪いことか、分別《ふんべつ》のついていない子供なのだ。

「吉永に、脅《おど》されたのか」

顔をくしゃくしゃにして、香苗が頷く。

「ホテルに行ったってばれたら、私が捕まるんだって。だから――」

香苗の冷たい体を、強く抱いた。

「もう大丈夫だ。お前は何も、心配しなくていい」

香苗から体を離すと、リュックサックを手に、金属の階段を昇った。石でも入れてあるのだろう。手のひらにベルトが食い込み、肘《ひじ》がきしむほどに重かった。

これならば、ダムの底まで沈んでくれるだろう。

止水壁の中ほどまで進み、湖面を見つめた。

無数の雨粒が、無数の小さな円を描き、巨大な生き物の鱗《うろこ》のようにうごめいている。

肩に力を込め、できるだけ遠くに放った。

雨音にかき消され、聞こえるか聞こえないかの水音。黒いリュックサックはあぶくを立てて、あっという間に濁《にご》った水面に沈んでいく。

目を閉じて、息を止めて、冷たい暗い水の底を思った。

私にとって大切なものは、ただ一つだけだ。

ただ一つしか、ないのだ。

振り返ると、鮮やかな青い傘を差した私の大切な娘が、心細そうにこちらを見ていた。

私は今年、六十五歳となる。あと何年、彼女のそばにいられるかは分からない。定年後の再任用で働けるのも、来年の春までだ。

だがこれからも、私は香苗を守り続けるだろう。

そのために、何を手放すことになっても。

かけがえのないあなた

一

「火をつけたあとは、あまり炭を動かさない方がいいんじゃないの」

夫の背中が強張《こわば》ったのが分かったが、言わずにはいられなかった。

「それに風があるし、そんなにあおがなくても大丈夫よ」

聞こえないふりをしているのか、生白い腕に筋を浮かせて、夫はうちわを動かし続ける。炭は一旦《いったん》は赤くなるものの、炎は見えない。先ほどから何度も積み方を変えるせいで、火がつきかけても消えてしまうようだ。着火剤は、夫が必要ないと言うので買わなかった。

「ただそこで見てたって、火はつかないだろう」

夫はコンロに目を落としたまま、低い声でつぶやいた。

「気が散るんだよ。口を出すだけなら、あっちに行っててくれ」

苛立《いらだ》った様子で振り上げたうちわに、火の粉《ひこ》が当たったものか、黒い小さな穴がいくつも開いている。潮の匂いにふわりと紙の焦げた匂いが混ざった。

ため息をついて浜辺の方を振り向いた。

日帰りバーベキューのできるオートキャンプ場は、海岸からすぐの松の木がまばらに生えた広場にあった。晴紀《はるき》は砂浜に置いた日よけテントを、海風に飛ばされないよう必死で押さえている。荷物を重しにすればいいのに、五年生にもなってそれくらい考えつかないものだろうか。ああいう要領の悪いところが、昔は微笑《ほほえ》ましく思えたものだが、今は少し心配になる。

「じゃあ私、お肉とか運んでくるから、火の方はお願いね」

返事は聞こえなかった。夫に背を向け、まずはポールを摑《つか》んで四苦八苦《しくはっく》している晴紀のところへ向かう。晴紀が背負っているナップサックを外してテントに放り込んでやると、松の木の下に一台分ずつ配された駐車スペースへ足を向けた。

お盆明けの最初の月曜日だった。平日だからか、それともこの曇《くも》り空のせいか、停《と》まっている車はうちを入れても三台しかない。ホームセンターで働く夫は土日は休めないことが多く、晴紀も明日から野球チームの合宿があるため、夏休み中に家族全員で来られるのは今日だけだった。

すぐに運べるように、荷物は後部座席のドアの脇に降ろしてあった。野菜と肉を入れた保冷バッグを肩にかけ、飲み物のクーラーボックスを手に提《さ》げる。昨日のうちに野菜を焼きやすい大きさに切って串《くし》に刺し、肉をたれに漬《つ》け込んでおいた。帰りは自分が運転するつもりで、夫の分のビールも冷やしてある。

浜の方へ目をやると、暗い色の海に、幾筋《いくすじ》も白い波が走っていた。晴紀は海水パンツを穿《は》いてきていたが、この天気では泳ぐのは難しいかもしれない。

コンロから少し離して荷物を降ろす。夫はまだ、炭をあおぎ続けている。肩までシャツを捲《まく》り上げたせいで、二の腕の古傷が覗《のぞ》いていた。そのみみず腫《ば》れのような赤い痕《あと》を見るたび、私はいたたまれない気持ちになる。することのない晴紀は夫の横で、煙《けむ》たそうに目を細めている。

「準備ができるまで、海で遊んでなさいよ。深いところまでは行っちゃ駄目よ」

晴紀の肩を叩《たた》いて促《うなが》すと、あまり気乗りしない様子でうなずいてみせ、ゆっくりと海の方へ歩いていった。ポケットから携帯電話を取り出し、遠慮がちに夫に声をかける。

「あのね、これ。炭をおこすやり方だって」

画面を表示させると、そっと差し出す。液晶が反射して見づらいのか、夫は眉間《みけん》に皺《しわ》を寄せて携帯電話を受け取った。

「こんな本、いつ買ったんだ」

「友達のお母さんに借りたの。ご主人がアウトドア好きらしくて」

今日のために、よくキャンプに行くという晴紀の同級生の母親からアウトドア雑誌を借り、初心者向けのページを携帯電話のカメラで撮っておいたのだ。

「炭を縦にして置いて、その隙間《すきま》に丸めた新聞紙を挟むといいみたい」

夫は険《けわ》しい顔をこちらに向けた。猫背《ねこぜ》のせいで顎《あご》を突き出しているように見え、身長は私より少し高いくらいしかないのに、威圧感を覚える。

「前みたいに、売り物の本をこっそり撮ったんじゃないだろうな。あれは、万引きと同じことなんだぞ」

夫と付き合い始めて間もない十代の頃、それがしてはいけないことだと知らず、料理雑誌のレシピのページを写真に撮ろうとしたことがあった。一緒にその場にいた夫に注意されて止めたのだが、あれから十年が経《た》った今も、時おり持ち出してくる。

「そんなことしてないって。私、新聞紙を準備するから、あなたは炭を並べてくれる?」

言い合いになるのを避けるため、受け流して明るい口調で頼んだ。しかし、夫は携帯電話を閉じると、押しつけるように私に返した。

「こんなの、見たって無駄だ。炭が湿気《しけ》てるんだから、まず乾かしてやらないと」

ヒステリーを起こしたように、うちわを激しくコンロに打ちつけてあおぎ始める。白い煙がもうもうと立ち上がり、目の縁《ふち》につんと痛みが走る。

「分かった。じゃあ、火がおこるまで晴紀を見てるね」

言い返したいのをこらえて、夫のそばを離れる。晴紀は波打ち際で、申しわけ程度に足首だけ水に浸《つ》けて立っていた。風にはためくシャツの裾《すそ》をうるさそうに手で払い、疲れた顔で海を見ている。

「お父さん、何やってるの？　いい加減お腹空いたんだけど」

私に気づくと、不機嫌《ふきげん》を隠さず口を尖《とが》らせた。

「なかなか炭に火がつかないんだって。少し湿気てたみたい」

「マルヤマで買ったやつでしょ。全然駄目じゃん」

マルヤマは夫が勤《つと》めるホームセンターの名だ。関東近郊を中心に二十店舗があり、出会った時、夫はインテリア売場の主任をしていた。私は地元の高校を卒業し、同じ店の日用品売場にアルバイトとして採用された。

当時、私は高校の先輩の坂本《さかもと》という男と付き合っていた。だがある時、バックヤードで注文品が他の商品に紛《まぎ》れてしまい、夫が探すのを手伝ってくれたのをきっかけに、距離が縮まった。夫は同期の社員の中で一番早く主任になったとパートさんたちが噂《うわさ》していた、マルヤマでは珍しい国立大卒の社員だった。私より七歳年上で、落ち着きがあって、頼りになる人だと思った。悩みごとを相談したりするうち、坂本と別れることになり、夫との付き合いが始まった。半年後、私の妊娠が分かって、籍を入れた。

夫は若くして両親を亡くし、兄弟もいなかった。私も似たような境遇だったので、早すぎる結婚だと反対されることもなく、私たちは夫婦になった。

あれから十年が過ぎて、再来年には晴紀も中学生だ。家族で一緒に過ごせる時間は、だんだん少なくなっていくだろう。成長とともに食費や習い事などにかかるお金も増えて、生活に余裕はなかったが、晴紀には楽しい思い出をたくさん作ってやりたい。

親なら誰だってそう思う。私は改めて自分の気持ちを確認し、夫を振り返った。

だからあの人には、死んでもらわないといけない。

二

私は生まれつき感情の起伏が平坦な性質《たち》らしく、人に対して、殺してやらなければ気が済まないというような憎しみを抱いたことはない。

そうしなければいけなくなったのは、ただお金のためだ。来月までに、数百万円の現金が要《い》った。貯金は底をついている。夫の生命保険金を受け取る以外に、方法はなかった。

事の起こりは昨年、ＰＴＡで一緒に役員を務めた母親たちとの会話がきっかけだった。集まりのあとはいつも親睦会《しんぼくかい》ということで、月に二度ほど昼食をとりながら子供のことや学校のことを話すのが常だった。回を重ねるうちに、いつからか込み入った話もするようになり、どうやって教育資金を捻出《ねんしゅつ》するか、という悩みを打ち明けた。

マルヤマは数年前から業績不振を理由に管理職の賃金の減額を進めていて、販売課長に昇進した夫の給与は残業代がつかない分、主任だった頃よりも下がっていた。結婚当初の夢だったマイホームはすでに諦《あきら》め、今は晴紀が大学を卒業するまでの費用を確保できるかも不安な状況だった。うちも同じよ、と言ってくれた人もいたが、着ている服を見れば我が家ほど困っていないことは分かった。

「FXって知ってる？　うちの主人、最近それで結構稼《かせ》いでいるのよ」

持ち家に暮らし、子供にいくつも習い事をさせている副会長の口から、耳慣れない言葉が飛び出した。聞けば証券会社に預けたお金を担保《たんぽ》に、預けた金額の何倍もの外貨を売り買いできる取引のことだという。仕事の合間にパソコンで注文を出すだけで、月に数万の利益を得ているらしかった。

「最初は十万でも、二十万でもいいの。少ない資金でも始められるのがいいところなんだから。それくらいの余裕ならあるでしょう？　旦那《だんな》さんに相談してみなさいよ」

夜になって夫に話してみると、大学時代の同級生でも何人か、その取引をしている人がいるという。そんなに簡単に儲《もう》かるものではない、と夫は異を唱えた。

「損する可能性だって当然ある。大体、働かないで金を稼ごうっていうのは、間違ってるんじゃないか」

私がしたいと言い出したことの多くを、夫はそんなふうに否定した。だが、私たちの関係は昔からそうだったし、夫は私などとは違い、思慮《しりよ》深く分別《ふんべつ》のある人だった。

夫と出会った頃、私は当時付き合っていた坂本から、毎日のように暴力を振るわれて過ごしていた。取り上げられた少ない給料は全てシンナーとパチンコ代に消えた。夫は坂本と別れるよう何度も助言をしてくれて、苦労の末にやっと手を切ることができた。その後、坂本は傷害事件を起こして服役し、今は地元でやくざの手伝いをしていると聞いている。夫のおかげでこの平穏な暮らしがあるのだと、ずっと感謝してきた。

入籍したあと、お腹が目立つ前にドレスを着て記念写真を撮りたいと私が言い出した時、これから子供が生まれるのに無駄なことにお金を使っている場合じゃないと叱《しか》ってくれた。晴紀が小学校に上がり、パートに出たいと言った時も、共働きになれば家事が手抜きになって外食が増え、余計にお金がかかると諭《さと》されて、なるほどと思った。夫の言うことは、いつも正しかった。

だからその時も、楽をしてお金を稼ぐことはできないという夫の意見に素直に従った。

「――それで、今月分は、ちゃんと振り込んだの？」

今、載せたばかりの肉を慌《あわ》てて裏返しながら、小声で尋《たず》ねた。薄い肉なので、炭火の強い火力ではすぐに焦げてしまう。結局、マルヤマの湿気た炭は火がつかないままで、キャンプ場の売店で新しい炭と着火剤を買ったのだった。

網《あみ》にこびりついた脂《あぶら》をトングの先で炭の上に落としながら、そっと後ろを振り返る。晴紀はとっくに食べ終わり、日よけ用のテントに寝そべっていた。

「肉、多すぎたんじゃないか？」

私の問いに答えず、夫はうんざりした顔で片面が黒くなった肉を口に運んだ。歯並びが悪いからか、犬がそうするように頭を振って、やっとのことで嚙《か》み千切《ちぎ》る。

「いつもはもっと食べるの。暑いから、食欲がないのかも」

火がつくのを待っている間に雲はすっかり流れてしまい、食べる頃には太陽が頭の真上にあった。目に沁《し》みるような青い空の真ん中で、何にも遮《さえぎ》られることなく輝きを放っている。帽子の隙間から流れてくる汗を拭《ぬぐ》いながら、ぬるくなったノンアルコールビールに口をつけ、トウモロコシを齧《かじ》る。もう一度、念を押した。

「取り立ての方は、大丈夫なのよね」

あの時、反対したFXの取引を、夫は私に内緒で始めた。口座の開設の手続き書類は、会社宛てに送らせたのだという。夫がそのことを打ち明けたのは、昨年末のことだった。

やっとのことで百万円近くを貯めた晴紀のための貯蓄口座は空《から》になり、消費者金融から借りたお金を返すために、もっと金利の高い街金と呼ばれる金融業者からも借金をしていた。返さなければならない総額は「五百万くらいだろうがよく分からない」と、夫は言った。

大学の同級生たちへの、対抗心からだったという。

夫は就職氷河期と呼ばれた時代の最後の頃に大学を卒業した。四年制の大卒の就職率は当時、六割程度まで落ち込んでいたという。

「親のコネで銀行に就職したり、一年間浪人して公務員試験を受けたやつもいた。俺は五十社近く面接に行って、落ちたけど、頼りにする親はなかったから」

中学生の時に父親を、高校を卒業する年に母親をともに癌《がん》で亡くした夫は、わずかに残された遺産で学費を賄《まかな》いながら大学に通った。長く辛《つら》い就職活動の末、一つだけ内定をもらえたのが、ホームセンターだった。フリーターに比べればましだと自分に言い聞かせたが、親しくしていた同級生たちはみな、自分より専門性の高い仕事や、自分より楽な仕事に就《つ》いた。そして今、自分より高い賃金で働く彼らは、子供を月の授業料が何万もかかる進学塾に通わせ、私立中学を受験させようとしている。

「あいつらにできないことでも、俺ならできると思った。仲間内では俺が一番の成績だったから。きちんと専門書を読んで勉強して、利益を出せると思ったから始めたんだ。稼いだ金で晴紀にも、いい教育を受けさせてやろうっていうつもりで」

夫は貯蓄用の口座から、まずは十万円を口座に入れて取引を始めたという。

最初の一週間で、十万円は十二万六千円になった。夫は口座の証拠金を三十万円に増やした。しかしその三日後、セールの準備が忙しくパソコンを開けずにいるうちに、三十万円は消え去った。ここでやめるべきか悩んだが、夫は残りの七十万円を全て口座に移し、取引を始めた。他に取り返す方法はないと判断したのだそうだ。

二か月ほどは、地道に利益を出していたという。月に数万は無理でも、損をしないように、月に一万円から二万円を目標に、徐々に口座の残金を殖《ふ》やしていった。だが十月に入って、夫が買った通貨は暴落した。選挙だとかテロだとか、様々な原因が絡《から》み合ったのだと夫は説明してくれたが、私には理解ができなかった。《追証《おいしょう》》や《強制決済》という決まりのことも、何度聞いてもよく分からなかった。

すべてを打ち明けたあと、夫はなんだか不思議そうな顔で、自分の指を見つめていた。夫の体の中のどこかとても大切なところが、破けてしまったように思えた。半開きの口から、浸《し》み出た体液があふれてくるような気がして、恐ろしくてじっと目を伏せていた。

「こっちはせっかくの休みを潰して、お前がやりたいっていうバーベキューに付き合ってるんだぞ」

大げさにため息をつき、煤《すす》と肉汁で汚れた割《わ》り箸《ばし》の先をこちらに向ける。

「ここまで来て金のことを言わなくたっていいだろう。大丈夫だ、ちゃんとやってる。前みたいに家に電話してこないように、話はつけてあるんだ」

早口でまくしたてると、夫は晴紀がするように口を尖らせて、酔いがにじんだ赤い目で私を睨《にら》んだ。不愉快と思えばすぐに感情を爆発させる。そんな子供っぽさを隠そうともしない。以前の夫は、そうではなかった。

「ごめんなさい。あの電話がとても怖かったから、神経質になってるみたい」

「ボーナス、多くはないけどちゃんと出ただろ。あれで今月は間に合ったから」

こちらがすぐに謝ったので、夫も少し控えめな言い方になる。しかし来月分を払う手立てはもうない。一度支払いが遅れれば、次からは返済額が倍になる。もう一度遅れれば、借りた全額を一括《いっかつ》で払わなければならない。三か月前、夫の不注意で支払いが遅れたために、返済額は月に四十万円に膨《ふく》らんでいた。夫婦二人分の収入を合わせても、足りない額だった。

「今月は、大丈夫だ」

空になったビールの缶を潰しながら、夫がつぶやいた。薄く開いたその目は、何も見ていないようだった。

不意に携帯電話が震えた。表示されたアドレスを確認し、唇《くちびる》を噛む。

トイレに行ってくる、と硬い声で告げながら、目が泳ぐのが自分でも分かった。夫から離れると、震える指で返信を打つ。

着信したメールは、坂本からのものだった。

三

「明日は、早く出かけるのよね?」

助手席の夫に声をかけたが、返事はなかった。窓の外を見ているのかと思ったが、深く長い呼吸の音で、眠り込んでいるのだと分かった。

海沿いの県道は、渋滞《じゅうたい》の長い列が続いている。後部座席で、晴紀はずっと携帯ゲーム機で遊んでいた。丸一日、海風に当たっていたせいか、体が重かった。車内の気だるい静けさに、疲れが増していくようだった。

しばらく前から、晴紀は夫がいる時は、あまり口を開かなくなった。思春期だからというのもあるだろうが、私は晴紀の変化の原因は、夫にあると思っていた。

年末に借金のことを打ち明けられて、まず私と夫がしたのは、生活にかかるお金の見直しだった。

貯蓄はなくなったが、私の個人年金を解約し、夫婦で使っていたスマートフォンを下取りに出して通信費の安い携帯電話に買い替えれば、いくらか余裕ができる。あとは食費や雑費をできるだけ削り、今より収入を増やしていけたら、額は大きいが返し切れないことはない、というのが夫婦で話し合った結論だった。

私が働きに出ることを、夫は渋々ながら了承した。ちょうど近所のファミリーレストランでパートの募集があったので、晴紀が学校に行っている時間帯のシフトで年明けから仕事を始めた。

その頃から、夫の様子が変わり始めた。

以前、夫が言っていた通り、働きに出てからはどうしても家事に手が回らなくなった。買い物に行く時間も、調理にかけられる時間も限られているので、これまでのように手の込んだ料理を作ることができなくなった。出来合いのものを買ってくるのだけは避けたが、夫はおかずの品数が減ったことを、晴紀の前で荒っぽい口調でなじった。

「こんな汚い部屋で、手抜き料理を食わされて、我慢しろって言うのか」

夫は曲がったことが嫌いで、何かと私に注意することが多かったが、決して大きな声を出す人ではなかった。テーブルに箸を叩きつけた夫を無言で見つめる晴紀の目には、怯《おび》えではなく嫌悪《けんお》の色が浮かんでいた。

販売業は土日に休みを取れることはまれで、夫と晴紀が一緒に過ごした時間は、平日勤務のサラリーマン家庭に比べれば少なかったのだろうと思う。それでも、親子関係が希薄《きはく》だったわけではない。夏休みや冬休みには一緒に釣りに行ったり、野球観戦をしたりと、父と息子で出かけることがよくあった。日曜日でも仕事が遅番だったりすると、団地の前の公園で晴紀のキャッチボールの相手をしてから出勤した。小学生になった晴紀が初めて試合に出た時は、夫は競合店調査にかこつけて職場を抜け出し、晴紀の打席だけを見て慌ただしく仕事に戻っていった。

今も夫にとって、晴紀が大切な存在であることは間違いなかった。どんなに機嫌が悪い時でも、晴紀にまで当たり散らすことはない。サイズが小さくなった野球の道具やユニフォームも、晴紀のためなら惜《お》しまず新しいものを買い与えた。

おそらくあの時の夫は、返しても返しても減らない借金に、ただ疲弊《ひへい》していたのだと思う。法外な金利を、夫は自分が契約したのだからと払い続けた。夫の苦しみが分かっていたから、私は何を言われても言い返すことはしなかった。

だが晴紀は、母親を怒鳴りつける父の姿がどうしても受け入れられなかったようだ。まだ幼く、私を庇《かば》って夫に立ち向かうことこそなかったが、代わりに心を硬直させた。夫から声をかけられれば返事はするが、笑顔を見せることはなくなった。

渋滞を抜けるのに一時間近くかかったため、団地に帰り着いた時にはもう日が暮れかけていた。自分の分の荷物を持って階段を昇ろうとする晴紀を、夫が呼び止める。

「車をきれいにするから、お前も手伝ってくれ」

晴紀はあからさまに面倒そうな顔になった。

「今やらないと駄目なの？」

「見ろ、このフロントガラス。松脂《まつやに》でべたべただ。松の木の下なんかに車を停めるから、こんなことになるんだ」

夫は車の前面に散った白い飛沫《しぶき》を指差し、晴紀に雑巾《ぞうきん》を濡《ぬ》らしてこいと言いつけた。車のトランクから雑巾を出して渡す。

「あそこに車停めたの、お父さんじゃん」

晴紀が不平をこぼすのを首を振って制し、言う通りにして、と目顔で訴える。

「ああ、もう固まってる。松の木の下は駄目だって、どうして分からないんだ」

階段の横に設《しつら》えられた蛇口《じゃぐち》で雑巾を濡らし、晴紀が手渡すと、夫はゆさゆさと車が揺れるほどに力を込めて汚れを擦《こす》り始めた。ボンネットに抱きつくような体勢で足を踏ん張り、目を剝《む》いて、松脂の汚れの向こうにある何かを睨みつけている。くそ、ちくしょう、と食いしばった歯の隙間から、不明瞭《ふめいりょう》な罵《のの》りがもれる。

無表情にそれを眺めている晴紀に、先に戻っているように促した。息の詰まる思いでその場に立ち尽くし、丸まった薄い背中を見つめていた。ぬるぬると赤く溶け落ちる夕空の下、夫は影になって、いつまでもそこに貼りついていた。

息子の心が離れてしまったことが、夫をここまで追い詰めたのだろうか。

私は二か月前の、あの夜のことを思い出していた。

仕事を始めた私に夫が当たり散らすようになって、半年近くが過ぎた頃だった。金融会社の人間が、家に電話をかけてきた。若い女だった。今月分の入金がまだなんだけど、と舌足らずな、それでいて横柄《おうへい》な言い方で告げた。すぐに勤務中の夫の携帯電話にかけると、夫は「払うのを忘れていた。あとで振り込むから」と、妙に間延《まの》びした口調で言った。

「眠れなくて、薬をもらっているんだ。まだ量を調整中で、効きすぎる薬だと翌日も眠気が酷《ひど》くて、頭がはっきりしないことがある」

その晩、夫は心療内科の病院名が入った薬の紙袋を見せながら、そう告白した。

「どうして、言ってくれなかったの」

つい、咎《とが》める口調になった。眠れないほど、お金のことが心配なの。問いかけると、夫は何かに打たれたようにぎゅっと目を閉じた。真一文字《まいちもんじ》に唇を結び、頰《ほお》が細かく痙攣《けいれん》している。嗚咽《おえつ》をこらえているのだと、すぐには気づかなかった。

すまない、と絞り出すような声で言い、夫はテーブルの上に大きな白い封筒を置いた。見慣れない会社名が印刷されていて、真ん中が妙に厚く膨らんでいる。

「検査キットが入っている」

濡れた黒い目が、真っ直ぐに私を捉《とら》えていた。

「晴紀が本当に俺の子か、調べさせて欲しい」

四

晴紀の顔立ちは、赤ん坊の頃から私にそっくりだった。夫と似ているところと言えば、顎の細い輪郭《りんかく》くらいだろうか。小学校に上がる前の歯科検診で、このままでは乳歯から生え換わった永久歯が収まらないだろうと指摘された。歯科医の言った通り八重歯《やえば》になった晴紀のために、夫は歯磨きのあと、毎日仕上げ磨きをしてやった。

「八重歯は虫歯になりやすいって、俺もおふくろに子供の頃、こうして磨いてもらったんだ。おかげで今まで、一度も歯医者にかかったことがないんだからな」

あぐらをかいた膝《ひざ》に晴紀の頭を乗せて、俺に似たせいで苦労するなと言いながら、夫は嬉《うれ》しそうだった。

晴紀を妊娠したことが分かった時、夫と坂本のどちらの子か、確信が持てなかった。坂本とはすでに関係を絶《た》っていて、夫とは付き合い始めたばかりだった。

堕《お》ろすことだけは、考えられなかった。

私は、デパートのトイレに産み捨てられた子供だった。

事実かどうかは分からないが、児童養護施設の陰険《いんけん》な指導員から、そう聞かされて育った。

産院で見せられた超音波検査の画像には、灰色の歪《いびつ》な楕円《だえん》が映っていただけだった。その真ん中にかすかな白い点滅があり、胎児の心臓だと産科医に教えられた。

本当のところ、それが大切なものだとか、愛《いと》おしいものだという実感はなかった。

ただ、産めばその子が血の繋《つな》がった家族になるということに、心を囚《とら》われた。その時になって初めて、私は自分が欲していたものを知った。

夫と坂本の血液型は同じだった。悩んだ末に、夫に妊娠したことを告げた。大丈夫、何も心配しなくていいと私の肩を抱きながら、夫の方が、なぜかほっとしたような顔をしていた。

晴紀が生まれて、こんなにも誰かに自分の心が動かされることに、私は驚いた。

小さな手に指を摑まれた時の、ざわざわした落ち着かない気持ち。

細い声で晴紀が泣き出した時の、締めつけられるような焦《あせ》りと恐怖。

何をしても泣き止まない晴紀に、どうして欲しいのと叫びたくなった。そうかと思えば、目が合っただけでふくふくした頰が持ち上がり、耳がくすぐったくなるような声で笑う。

夜中、おっぱいをあげながら晴紀の甘い匂いを嗅《か》いでいると、もしこの子が死んでしまったらという考えが湧《わ》いて、涙が止まらなくなった。そして——。

ぎこちない手つきで晴紀を抱き、満ち足りた表情でいる夫を見た時、灼《や》けつくような罪の意識が私を貫《つらぬ》いた。

愚《おろ》かなことに、私は自分が夫にしてしまったことの残酷さを、晴紀を育てていく中でようやく自覚した。

今さら打ち明けられることではなかった。きっと夫の子だと、思い込むことにした。

それがせめてもの償《つぐな》いだと、自分のことは二の次に、家族のために尽くしてきたつもりだった。だがそれは本当のところ、この幸せをなんとしても守ろうという執着《しゅうちゃく》にすぎなかったのだと思う。

だから私は、坂本に連絡を取ったのだ。

夫から大きな白い封筒を渡された、そのことが引き金となって。

《明日、約束した時間には着けると思う》

昼間に届いた短い文面のメールを、胸に刻むように何度も思い起こした。

夫は明朝《みょうちょう》、早くに家を出るため、晩酌もそこそこに寝入ってしまった。晴紀の部屋も、すでに明かりは消えている。

夫が日が落ちるまで車を拭《ふ》いていたために、慌ただしく夕食を済ませ、バーベキューで使った食器や道具を洗い終えた時には、もう夜の九時を過ぎていた。温《ぬる》くなったお湯に浸かりながら、明日の段取りを考える。

坂本に会うのは先月、十年ぶりに連絡を取って以来、二回目だった。

「お前から会いたいなんて言ってくるから、刺されんのかと思ったぜ」

指定した郊外の喫茶店に現れた坂本は、そう言って尖った歯を見せて笑った。十年前よりも少し太っていたが、細く吊《つ》り上がった目と、八重歯が覗く愛嬌《あいきょう》のある笑顔は変わっていなかった。

夫を殺したいので手伝って欲しい。そう単刀直入に切り出すと、坂本はさすがに面食らったようだった。冗談だろう、と笑い飛ばそうとした。

「ちゃんとお金も払うし、警察に疑われるようなことにはならないから。自殺に見せかけて殺すつもりなの。夫は借金があって、心療内科に通ってる。死ねば保険金が入るから、あなたへのお礼はそこから出す」

用意してきた夫の生命保険の証書を見せると、坂本は真顔になった。地元の知り合いから、坂本が任されていた飲食店の経営に失敗し、やくざの取り立てにあっているという情報を得ていた。

私は具体的にどうやって殺すつもりか、話して聞かせた。そうすると決めた時から、図書館のパソコンを使って自殺に見せかけて殺す方法を調べ、入念に計画を練ってきたのだ。体の前で浅く腕を組んで、薄い唇を舐《な》めながら、坂本の細い目がだんだん光を帯びていくのが分かった。

「でもお前、そいつと十年間、一緒に暮らしてきたんだろう。さすがに情があるんじゃねえか？　やる時になって、やっぱり無理だってんじゃ困るぜ」

それは絶対にない、と言い切った。

「今の状況が続くより、その方が夫にとっても幸せだと思うから。私と息子も助かるし、これは家族のためにすることなのよ」

私はまったく疑いなく、そう考えていた。

坂本は信じられないことを聞いた、というような顔をしていたが、取《と》り繕《つくろ》うように「なら、いいんだけどよ」と笑って立ち上がった。虚勢《きょせい》を張っているような、引《ひ》き攣《つ》った笑顔だった。

それから、何度かメールでやり取りをしながら、日にちと時間、場所を決めた。夫は明日、棚卸《たなおろし》の準備のために隣町の配送センターに出向く予定で、隣町までの道路は車通りの少ない山道になっている。私が夫の車に同乗する手はずはできており、坂本とは山道をさらに奥に入った林道で待ち合わせていた。必要な道具も買ってあった。

浴槽の中で、日焼けした両腕で膝を抱いた。お湯はすっかり冷めていたが、それでも赤らんだ肌はちくちくと痛んだ。ゆっくりと息を吐き、まばらに水滴の残る天井を見上げる。

もう後戻りはできない。そう自分に言い聞かせた。

たとえ戻れるとしても、いったいどこへ戻ったらいいのか、途方に暮れるだけだろう。

五

翌朝、夫は髭《ひげ》を剃《そ》らなかった。

剃り忘れたのか、剃らないと決めてそうしたのかは分からない。右手をハンドルに添え、左手で薄い髭の伸びかけた顎をしきりに触りながら、眠たそうな目で前を見ていた。

野球チームの合宿に参加するため、晴紀は七時前に迎えにきた友達と出かけていった。私たちもそのすぐあとに家を出た。まだ八時にもなっていないが、フロントガラスに突き刺さるような夏の日差しが車内の温度をじりじりと上げていく。エアコンの温度を下げようとボタンに手を伸ばした時、夫が不意に口を開いた。

「何を買うつもりなんだ」

山道を抜けた国道との交差点に、隣町に新しくできたショッピングモールのシャトルバスの停留所があった。そこまで乗せてもらう、という話になっていた。

「ああ、晴紀の服とか、色々よ」

舌が口の中に貼りつくようで、上手く動かない。そうか、と興味なさそうに言い、夫はハンドルを左手に持ち替え、ドリンクホルダーの缶コーヒーに手を伸ばした。横目にそれを見ながら、坂本に話してある段取りを思い返す。

夫が今、処方されている睡眠薬は、主に寝つきに問題のある患者に用いられる短時間作用型のものだ。前の薬のように翌日まで眠気が残ることはないが、効き目が早く、飲んで十五分から三十分ほどで眠気が出てくるはずだった。それを飲み物に混ぜて眠らせ、あとは自殺に見えるようにして殺害する。単純なやり方だった。

カーブの続く山道を、もう十分近く登り続けていた。出勤時間にはまだ早いのか、ここまでに数台の車しか見ていない。次第に木の影が濃くなると、少し涼しさが増してくる。窓を閉じていても、かすかに蟬《せみ》の声がしていた。夫がワイシャツの袖《そで》でごしごしと目を擦る。泣いているようにも見えた。

そのまましばらく走って、トンネルの手前の道幅が広くなったところで、夫は路肩に車を寄せて停めた。運転を代わるように言われ、そうする。計画通りだった。

トンネルを抜けて五〇〇メートルほど走ると、右手に細い林道への入り口がある。何度も下見に来ていたので、小さな黄色い標識を見落とすことはなかった。周囲に車の姿はないが、習慣でウインカーを出して右折する。ここからは舗装されていない道だ。助手席の夫の様子に気を配りながら、ゆっくりと進む。

林道の突き当たりは、切り出した木を置いておくための広場になっている。ここが坂本との待ち合わせ場所だった。車を降り、軍手を出してはめると、トランクに入れてあったバーベキューコンロを後部座席に移す。必要な作業を終えて、私がすることは、あとは待つことだけだった。

車から少し離れたところに太い杉の丸太が転がっていたので、その端の方に座る。立っていることが難しいほどに、体に力が入らなかった。

ちらちらと木漏《こも》れ日《び》を映して光るリアウインドウを見つめたまま、今日で会えなくなる夫のことを思った。頭に浮かぶのはなぜか晴紀が生まれたあとではなく、結婚する前の、出会った頃のことばかりだった。

私の部屋にカーテンがないと知って、若い女の子が不用心だと、赤地に白の水玉のカーテンをプレゼントしてくれた。これくらいの大きさ、と手で示しただけなのに、夫が選んでくれたカーテンはアパートの窓にぴったりのサイズだった。

休みのシフトが重なった日に、山にドライブに連れて行ってくれた。思いつきで入った観光鍾乳洞《しょうにゅうどう》で二人とも靴をびしょぬれにして、裸足《はだし》で車のトランクに腰かけて、靴が乾くまで色々なことを話した。

初めて私のアパートを訪れた夜、別れるなら殺すと包丁を持ち出した坂本から私を庇って、腕を六針も縫《ぬ》う傷を負った。

夫はあの時、坂本と顔を合わせていた。晴紀の八重歯を、自分に似たのだと言いながら、夫はどんな気持ちでいたのだろう。

抑え込んでいた感情が、喉元を這《は》い上がってくる。震える手で、必死に口元を覆《おお》う。視界は歪みにじんでいたが、目を見開いて、私は夫を乗せた車を見つめ続けた。決して目を逸《そ》らしてはいけないと思った。

坂本の運転する黒いワゴンは、約束の時間通りに現れた。三十分しか経っていないのが不思議なほど、そこに長くいた気がした。

強張った顔で車を降りてきた坂本は、怖々《こわごわ》といった様子で夫の車から距離を取りながら、こちらに向かってきた。

「もう少し、待った方がいいと思う」

口をつけずにいた私の缶コーヒーを渡すと、丸太の上に並んで腰を下ろした。坂本と一緒に、ここでこうしているのが、なんだか馬鹿げた夢を見ているように思えた。

もう三十分が過ぎてから、作業の続きを始めた。すべてを終えて、坂本の車で山を降りた。ショッピングモール行きのシャトルバスの停留所には、暇そうな主婦と老人たちが列を作っている。少し離れたところに車を停めた。二人とも、ここに来るまで無言だった。

じゃあな、と、それだけ言われて別れた。

六

警察から電話がかかってきたのは、翌朝のことだった。早朝になって、森林管理の技師が見つけたらしい。あの場所では今の時期、週に一日しか作業がないことは調べてあった。

「睡眠薬を飲んで、車の中で炭を燃やして、一酸化炭素《いっさんかたんそ》中毒による自殺を図《はか》られたようです。多分、バーベキュー用のコンロを使ったのだと思いますが」

ご主人のもので間違いないですか、と、車のナンバーを告げられた。一昨日、海辺で炭に火をつけるのに苦心していた夫を思い出していて、つい返事をするのが遅れた。間違いないです、と弱々しく答えながら、電話で良かったとほっとする。もし警官が目の前にいたなら、悲しみともつかないおかしな表情をしている私を、不審に思っただろう。

「ショッピングモールに行くのにバス停まで送ってもらって、そのまま夫は仕事に行くはずだったんです。どうして、そんなところで」

緊張からか、演技ではなく声が震えた。

合宿から呼び戻された晴紀は、遺体の確認に向かうパトカーの中でも、警察署の建物の裏にある、プレハブのような粗末《そまつ》な安置所に着いてからも、声を張り上げて泣き続けた。小さな頃のような、そんな泣き方はもうずっと見ていなかったので、可哀想《かわいそう》なことをしてしまったと胸が痛んだ。

晴紀のことを思えば、遺体を直接見なくて済んだのは幸《さいわ》いだった。

「一酸化炭素中毒で亡くなったあと、何かの拍子《ひょうし》に炭火が車内に燃えうつったようなんです。目張りをした形跡もありますし、普通なら酸素が足りずに燃え尽きるところなんですが、エアコンの吹き出し口が開いていたのかもしれません。ガソリンに引火したために車は全焼の状態で、ご主人の遺体も――お気の毒ですが」

同じくらいの歳の子供でもいるのか、やり切れないといった様子で晴紀の方を見ていた中年の刑事は、そう言葉を濁《にご》した。青いビニールシートが敷《し》かれた台の上の、人の形をした真っ黒い包みは、二度と嗅ぎたくないと思わせる無残な匂いを放っていた。

夫は歯科の受診歴がないので歯型の照合ができず、身元確認はＤＮＡ鑑定で行われた。丸二日経って、ご主人に間違いありませんでしたと、わざわざあの刑事が家まで来て知らせてくれた。

借金に悩んでいたことや、普段から睡眠薬を飲んでいたこと、また職場でもこの一月ほどふさぎ込んだ様子だったということで、警察は事件性はないと判断した。遺体の発見から一週間経って、無事に葬儀を終えることができた。それから手続きを始め、一か月後に振り込まれた夫の生命保険金で、借金を完済した。

親切な刑事の助言で弁護士に相談に行った結果、返す額はほんの百万円で済んでしまった。これまで支払ってきた返済分で違法な金利の分を相殺《そうさい》したのだという。弁護士への費用を払っても、手元には千百万円ものお金が残った。

借金を返せばあとは数百万しか残らないと考えていたので、思いがけない金額だった。判断に困り、考えた挙句《あげく》に、もしかしたらと坂本のスマートフォンのアドレスにメールを打った。

《あなたに、もっと分けてあげられそうなんだけど》

一週間待ったが、返事はなかった。

ということは、夫は坂本の車に置いてあったスマートフォンを処分したのだろう。

＊

あの日、トンネルの手前で夫と運転を交代したのは、私の方が林道への入り口を覚えているからだった。仕事で忙しい夫に代わって何度もあの場所へ通い、作業員が来るのがいつかを調べておいた。

広場に車を停めたあと、夫がエアコンを除いた車内の目張りをしている間、私は外で坂本を待った。睡眠薬入りの缶コーヒーで寝入った坂本を夫の服に着替えさせて車の中へ運ぶのは、夫と私で力を合わせなければできなかった。

坂本の呼吸が止まるのを待って、炭を座席のシートに近づけ、火をつけた。ガソリンタンクに火が回って爆発した時は物凄《ものすご》い音とともに大量の黒い煙が上がって驚いたが、道路からはかなり離れており、近くに民家もないので通報されることはなかった。

車が燃える様子をしばらく見守ったあと、夫が運転する坂本の車で山道を降りた。念のため坂本の車のシートについていた髪の毛を拾っておいたが、遺体のＤＮＡ鑑定は近親者である晴紀のＤＮＡを採取して親子関係を調べることで行われたので、使われることはなかった。

あの夜、夫に渡された大きな白い封筒——。

親子鑑定の結果、晴紀は夫の子ではないと分かった。それで私は、この計画を思いついた。

いつも私の考えを否定していた夫が計画に従ってくれたのは、追い詰められていたからか。それとも、鑑定の結果を知り、家族として暮らす理由を見失ったためか。

これが晴紀のための最善の方法と考えての決断だったなら救われるのだが、夫に確かめるすべは、もうない。ただあの時、私は夫を逃がしたかった。そうしなければ、夫はもう耐えられないだろうと思った。

やくざの取り立てから逃れるために、坂本が偽の身分証や逃亡先を準備していたのは都合が良かった。坂本の話では、今は写真入りの身分証の偽造もインターネットで注文できるらしいので、ひとまず夫は別人として暮らせているだろう。

夫がいなくなって半年が過ぎて、晴紀は少しずつ立ち直り、野球チームの練習にも参加するようになった。私も今後の母子二人の生活のためにパートのシフトを増やし、忙しい毎日を過ごしている。今はあれこれ思い悩む暇はない。

だが時々、今日のように晴れた日に空を見上げると、あのバーベキューの日の青い空を思い出すことがある。

同じ空の下に、晴紀のただ一人の父親は、かけがえのないあの人は生きている。

それだけでいいと、私は思う。

初出

夫の骨　書下ろし
朽ちない花　『かけがえのないあなた』（二〇一六年七月　Kindle個人出版）
柔らかな背　『かけがえのないあなた』（二〇一六年七月　Kindle個人出版）
ひずんだ鏡　『かけがえのないあなた』（二〇一六年七月　Kindle個人出版）
絵馬の赦し　書下ろし
虚ろの檻　『かけがえのないあなた』（二〇一六年七月　Kindle個人出版）
鼠の家　『月刊群雛』（二〇一五年十二月号）
ダムの底　書下ろし
かけがえのないあなた　書下ろし

一〇〇字書評

切り取り線

購買動機（新聞、雑誌名を記入するか、あるいは○をつけてください）

□（　　　　　　　　　　　　　）の広告を見て
□（　　　　　　　　　　　　　）の書評を見て
□ 知人のすすめで　　　□ タイトルに惹かれて
□ カバーが良かったから　　　□ 内容が面白そうだから
□ 好きな作家だから　　　□ 好きな分野の本だから

・最近、最も感銘を受けた作品名をお書き下さい

・あなたのお好きな作家名をお書き下さい

・その他、ご要望がありましたらお書き下さい

住所	〒				
氏名		職業		年齢	
Eメール	※携帯には配信できません		新刊情報等のメール配信を 希望する・しない		

この本の感想を、編集部までお寄せいただけたらありがたく存じます。今後の企画の参考にさせていただきます。Eメールでも結構です。

いただいた「一〇〇字書評」は、新聞・雑誌等に紹介させていただくことがあります。その場合はお礼として特製図書カードを差し上げます。

前ページの原稿用紙に書評をお書きの上、切り取り、左記までお送り下さい。宛先の住所は不要です。

なお、ご記入いただいたお名前、ご住所等は、書評紹介の事前了解、謝礼のお届けのためだけに利用し、そのほかの目的のために利用することはありません。

〒一〇一―八七〇一
祥伝社文庫編集長　清水寿明
電話　〇三（三二六五）二〇八〇

祥伝社ホームページの「ブックレビュー」からも、書き込めます。
www.shodensha.co.jp/bookreview

祥伝社文庫

夫《おっと》の骨《ほね》

平成31年 4月20日 初版第1刷発行
令和7年 2月15日 第12刷発行

著者 矢樹《やぎ》 純《じゅん》
発行者 辻 浩明
発行所 祥伝社《しょうでんしゃ》
東京都千代田区神田神保町3-3
〒101-8701
電話 03(3265)2081(販売)
電話 03(3265)2080(編集)
電話 03(3265)3622(製作)
www.shodensha.co.jp
印刷所 堀内印刷
製本所 ナショナル製本
カバーフォーマットデザイン 芥 陽子
編集協力 ㈱アップルシード・エージェンシー

Printed in Japan ©2019, Jun Yagi ISBN978-4-396-34510-5 C0193

祥伝社文庫の好評既刊

井上荒野
赤へ
ふいに浮かび上がる「死」の気配。そのとき炙り出される人間の姿とは。直木賞作家が描く、傑作短編集。

乾　ルカ
花が咲くとき
真夏の雪が導いた謎の老人と彼を監視する少年の長い旅。人生に大切なものが詰まった心にしみる感動の物語。

笹沢左保
金曜日の女　新装版
この物語を読み始めたその瞬間から、あなたは「金曜日の女」に騙されている。自分勝手な恋愛ミステリー。

笹沢左保
白い悲鳴　新装版
愛憎、裏切り、復讐……殺人の陰に潜む哀しい人間模様を描く。意表突くどんでん返しの、珠玉のミステリー集。

笹沢左保
死人狩り
銃撃されたバス乗員乗客二十七人、全員死亡。犯人は誰を、なぜ殺そうとしたのか。大量殺人の謎に挑むミステリー。

藤岡陽子
陽だまりのひと
争いのためではなく、もう一度よく生きられるように。依頼人の心に寄り添い奮闘する小さな法律事務所の物語。